大雅
为一种品格注脚

本书获"河北大学诗丛"项目资助

大雅诗丛

雷武铃——主编

刚坚事

GANG JIAN SHI

王强——著

广西人民出版社

序

雷武铃

因为在河北大学工作，我有缘认识一群非常优秀的年轻诗人。在进退起伏的时代浪潮的冲刷之中，和他们共享着某种精神价值，结成了迄今二十多年的诗歌友谊。我目睹时间的魔法将这群躁动欢闹的青春少年变为面容稳重的成熟诗人，深知他们诗歌的深刻卓越和几乎不为人知的状态。他们对发表的淡然可能受过我的影响，因此我觉得对此负有责任，一直想促成一套河北大学相遇诗丛的出版。现在有五部诗集要出版了——被收入著名的"大雅诗丛"国内卷第三辑，我虽然对写序很畏难，但有机会正式推介这些诗人我也很乐意。

新诗是一门自带理念与理想，自设要求、难度和目标的艺术（似乎一切艺术皆如此）。它仍符合中国古代诗歌"在心为志，发言为诗。情动于中而形于言"的宗旨和浪漫主义诗人"诗是内心强烈情感的自然流露"的信条，它仍是普遍人性的自然表达。但自觉性和批判性更是现当代诗人写作的必须条件，它们决定着当代诗歌的必要性与有效性，是区分诗人和一般爱好者的界限。这种自觉性和批判性，既针对诗歌本身——它的演变历史，它的语言形态和表现方式，它的美学观念和抱负——也针对诗歌内容所涉及的现实真实性，还包括诗人自身的反省与确认。它们最终构成一个诗人与其诗歌的映象关系：他的存在、他的生活与生命如何进入语言，成为诗歌，从而确认其存在。

这五位诗人的诗都有自带的理念和理想，都有自设的难度和要求。一种并非单一而是多重的综合性要求。和那些偏向单一语言修辞或历史、道德与政治正确（或不正确）态度而成姿态的诗人不同，这些要求更隐蔽、微妙一些，不太容易被一下子辨识出来。他们的难度不仅在于语言特异化修辞的创新，更在于语言和真实之间最紧密的触及方式，在于辨识世界的真实和自我的真实之间的关系并予以最准确的命名：描述和概括，并最终将具体有形的语言融合进一种更高的无形的意义之中。在反复确认诗歌与他们的社会生活、个体存在、他们所在的世界历史之间的关系中，他们实践着自己的人生即诗歌的信条，实践着自己个人的德性。他们的诗没有空洞的高调，他们的批评主要是指向自己，而非外部世界。他们的诗是一种自我修养，与当今社会现实、个体存在的孤独困境相关。他们用自己具体的诗歌写作回答荷尔德林在现代历史开端时提出的老问题：贫乏的时代，诗人何为？他们诗歌内在的严肃性皆源于他们认为诗作为一门语言的艺术，既与语言自身的表达历史以及艺术相关，也与诗人关于自我和世界的精神探索相关。诗歌需要建立语言与现实的关系，确立其必要性。

他们之间持久的诗歌友谊和共同的诗歌精神与态度令人瞩目，同时他们每个人具体的诗歌写作中又有着非常不同的取向。他们的个性、气质有着巨大的差异，这自然体现在他们的诗歌形态与风格上。这正是诗之本义，因此很有必要谈一下他们各自的独特性。

杨震的诗起于南方少年才子的善感与唯美，中途变为魏晋风度和浪漫主义的坦荡与高亢，其语言又有着现代诗歌刻意的浓缩与变形。他的诗始终有着因单纯而来的极致与活力。即使是他描写性的诗歌，细节的观察也有一种直上云霄的劲头，这使他的诗总有一股逼人的英气。在他《响水坝的人》这类写人叙事的诗中，他心灵单纯的质地因为融入一个客观世界的丰富性从而获得某种减速、从容与扩展。

这次全面读他的诗集，最触动我的，是他诗中那种单纯、热烈的声音。这是内心的呼声，雀跃欢呼的诗意。他的诗富有沉思性，一种认识世界的努力，沉浸性思考的天赋，一种澄清混乱的世界和确认自己迷乱的内心最真实存在的内在需求。他的诗有一个焦点与核心，一种自我生命的存在意识，一个吸附和汇聚这个世界和社会的全部现象，由他生命存在的全部意识凝结而成的神秘中心。这自我的生命感受：困惑与觉悟，既是他诗中的痛苦也是其喜悦的根源。他的诗延续着一种古老的意识和主题，古树开新花，将生命意识和情感映射到万物之中。

套用燕京大学"因真理、得自由、以服务"的校训，志军的诗可谓因朴素、得伟大、以垂范。他写的是个人生活和生命根基性的内容，他的诗关注的是生命存在最基本的问题。他写出了个人出生、成长的那个小地方，也就写出了全世界（从他的第一部诗集《世界上的小田庄》开始建造的世界，在这部诗集中得以完成），正如普鲁斯特那部写个人记忆中最琐屑的内心体验的《追忆似水年华》唤醒所有人的生命记忆。他和普鲁斯特一样倾注生命全部的热情与爱，写最细微、最地方、最个人、最微不足道的事，这些微观的个人印象最后构成宏大的世界和心灵的画卷，这些微弱的心灵悸动最后成为世上最真实坚实的存在；相比之下世界每天巨大的喧嚣，似乎只是些历史的浮沫。与这最朴素的事业相匹配的是，他极为专注的心灵品质，他极为耐心的聚焦天赋。他诗歌沉静的魔力就来自这种专注的品质与清晰的聚焦。

志军诗的成功还源于他高超的诗歌技艺。朴素的诗最难写，就在于需要与之相匹配的技艺。志军的诗歌技艺也是最朴素、高超的一种，不是炫技外露，而是节制、隐藏与自我消失的艺术。和陶渊明、福楼拜、契诃夫、毕肖普相似，他深谙艺术之道，其苦心经营的是以最简洁有效的方式将世界、事实和自己直接呈现，去除任何痕迹。他的艺术抱负最朴素而诚恳，谦卑又宏伟，他从最细微处起步，不仅在一首诗中结构，还在整部诗集中结构，在整个写作中结构，最终完成了一个坚实世界的创造。他的思想也是最朴素的，那些未写出的只是在心里承受，这些写出的，都是从他心灵深处的再次诞生，从而获得生命光彩。他的诗既是对个体存在的专注，又有重要的伦理性。他的诗并不是只停留在诗中，也不只停留在诗人中，它们属于一个更广阔的系统，一个道德、伦理和存在意义的系统。作为诗人他写诗也是在完善他自己，修炼他自己。当代大多数诗人都是凌乱的、摇摆的、即兴的，碰到什么是什么，只是任性，没有常性。当代诗人极少有这么惊人的朴素，这么专注、沉静、坚定、踏实。这种朴素似乎每个人都能做到，实际上却极少人能实现，因此志军的诗是一种垂范。

王强的诗有着强烈的现实性与时代感。他写了众多的人。这些老的少的，男的女的，穷苦的病痛的，在各种现实的困境中挣扎的芸芸众生。这些人像在明暗交叠的光影中，面目不清；有的行为怪异，只有生存本能，有的也努力构建自己（《成功学》）。这些盲目的或用力过猛或轻佻的人，他们残忍的真实，让人无法认同，只能在旁观中感觉困惑与惊愕。王强的诗敏感于当代人的生存与心理境况，有一种直视赤裸残忍的现实的意志，以及将其纳入诗歌的创新雄心。

与此相应，王强的诗技艺新奇，写法多变。他的诗有一种一望而知的开阔与自由，含混与幽暗。他的语言（镜头）并不停留、并不清晰聚焦，在运动中不断跳闪，视角灵活多变，也纳入诸多的杂乱与干扰，从而构成开阔丰富的效果。其语言方式和结构的形式也时代感特强，它们就是光怪陆离、闪烁不定的现实图景：这么多的人与事，那么多奇异的即时热点，强烈而含糊地闪过，来不及理解，刺激我们的感官，困惑我们的认识，一如我们每天直面原生混乱的现实。

王强诗的创新之处还在于对确定的抒情主体及其价值态度的淡化。他的诗中几乎没有诗人，只是一种可怕的戏剧力量在淡漠地运行。其中有多变的人称、众多的角色，各种场景与状态。有各种外部描写、内心感叹和旁观议论融汇一起，各种抽离旁观和自我扮演，入戏又出戏，疏离又愤怒。但没有一个确定意义的中心主体。繁复漂亮的语言镜头之下，通常是荒凉、空无，是悲惨的无意义。这是艾略特以来的时代精神之继续，王强赋予其本土的生机。

巨文的诗中隐含着一种动荡的痛苦，因含情太深或用情太苦而透出的沉痛。与此同时，他的诗因其风格的朴实、节制、坚定、视野开阔而充满力量。他那些关于家乡农村人事的诗带着浓厚的尘土气，那些关于在城市谋生的青年的日常生活和个人情感的诗有着无尽的沉陷和挣扎，但也有一种力量从尘土中、从绝望中升起，有一缕阳光恩典般从上空照射进来；再加上他的诗歌在细节上客观准确，结构上严谨坚实，语言上节奏刚劲有力，音调稳重宽广，这一切赋予了他的诗一种当代诗歌罕见的古典悲剧般的庄重与崇高。

与此同时，熟悉巨文的人也能从他那经常爆发的语言的即兴才能中听出他天性中粗野的喜剧性欢乐。他的才华中最让人惊叹是，他的语言有一种爆发力，很有冲击性，节制又利落。这赋予了他很多短诗一种特别的魅力。这在很早时的《啄木鸟来访》《自然法则（二）》，还有新近的《Human Resources》，都有体现，尤其是最后这首，冷静的语言之下有如爆炸的事实力量，那种平静的断言力量，让人惊心动魄。

国辰的诗有一种巨大的伤感。它轻盈地弥散在他的诗句中，这是古典诗词中弥漫的人生惆怅的当代版。这是个人心灵在打量着世界，却总看到映现其上的自我存在，那柔软、孤单、幽深、优美、忧伤的心灵。现代人已经很难写好这种伤感，那种哀而不伤的古典优雅，它干净又饱满，在尘世之中又有出世的浩渺。它需要有一种深觉痛苦之命运又能完全无视，以及超然远举的风度。它最需要的是一种特别的语言，古典又现代，准确又出人意料，能完全牵引出内在心意。国辰非常罕见地拥有这样的一种语言。

国辰的语言非常美妙，能承载着他曲折幽深的情感重量而轻盈滑行、飘飞。我给很多届学生读过国辰的《保定》，这是一种可以清晰地感觉却又无法把握的优美和伤感。这种美妙贯穿他的全部诗歌，包括他沉思深刻的《根器》和规模宏大的《四季歌》，也都如此。这是诗歌的最高境界之一种，也是动荡时代的敏感心灵之一种。

以上是我对五位诗人独特性的简单理解。贝多芬在《D大调庄严弥撒曲》手稿中题词："出自心灵，但愿它能抵达心灵。"我相信随着这些诗集的出版，这些诗将抵达那些我不知在何处的热情心灵。

  最后也是最重要的，我要特别感谢河北大学文学院和广西人民出版社，它们的慧眼支持促成了这些诗集的出版。

2024年3月

目录

第一辑 / 1

湖边浪 / 3

梦与刀 / 5

一种现实 / 9

雨类 / 12

喝酒 / 17

成功学 / 19

他有一座城市 / 21

楼宇之间 / 23

"妈妈，抱我" / 25

铁钉 / 27

一场大火必从天空倾泻 / 29

被质疑的男人 / 31

野湖终曲 / 33

求婚 / 35

卖电钻 / 37

狗命 / 39

正义 / 41

暴力挽歌 / 42

雨牢 / 45

刚坚事 / 49

在托勒海 / 53

终日劳作 / 56

猪圈 / 58

动物们 / 62

第二辑 / 71

小小院 / 73

山里下雨 / 74

旧事 / 76

风哨 / 78

大雪 / 80

桌上 / 82

盘子问题 / 83

写景时光 / 84

哈滂瀑布与界碑 / 89

感应史 / 92

飘忽的事物 / 94

快2线区间 / 96

偷水 / 98

孙达文，你长大了吧 / 99

58场　山顶　日 / 101

心理建设 / 102

雨雾天 / 105

七面纱舞 / 106

唱歌 / 107

我一眼就认出了她…… / 110

消瘦的姑娘 / 111

成年 / 113

女人的密码 / 115

接受祝福 / 116

年终总结 / 118

杜某某 / 122

松林谷里的疯子 / 125

第三辑 / 127

开春 / 129

河边 / 131

旅途所见 / 133

高悬的果实 / 135

云的戏剧 / 136

圆圈 / 138

绿X同学 / 140

较真 / 142

鼠洞 / 144

肚子疼 / 146

田野中心 / 148

夜景 / 149

安息树 / 150

深渊 / 152

黑色机关 / 154

冰棍 / 155

世间他 / 157

僻静地儿 / 158

白墙 / 160

二红的机会 / 161

后记 / 179

第一辑

湖边浪

用恶的言辞才能引发美的判断,
暴雨经历的,细雨也在经历。
剥开云雾果皮,我们汲取的幽暗
正通过反面目发出光彩。

"教会我苦熬吧,与世人互谅"①,
只要狂暴的还没平息,不被平息的
终会跟湖面抖动,翻转成天的时机。
不可否认,它将成为事实。

人和人之间需要波浪,就像
我岸、你岸和你我互认的彼岸都需要推涌。
浪翻跃,心胸充实。浪花飞动起来,
沉沉霭气的生活才会开朗。

混蛋反对的,英雄也在反对。

---

① 引自拜伦的《给赛沙》。

我经历的就是这样,没什么分别,
没什么值得被描述成
超然与敬畏、残酷与粗鄙的模样。

如同爱一个人,云朵要从内部开花,
恨一个人,闪电也要从它里面炸出来。
这是我们用去与来慢塑的美感,
被赞颂的,断然不只这雨、这岸、这人。

梦与刀

1

只有在梦中才能写作,

平日,他无法让自己安静下来。

没有任何一个人知道,

他到底写了什么,做了什么。

醒后残留的一点文思,

跟晨勃的冲动相比,是微乎其微了。

那些奇崛文章和令人震惊的诗歌(他自己说的)

一句也想不起来。

"这些梦太过浪费,活着有什么意思?"

这是我问他的问题。

什么也没留下,已经八十五岁。

将近一生的时间里,他活得心安理得。

"我没必要骗你,真的!"

他并不认为自己虚度了现实,

也不认为所有作品都会随身体的衰败而彻底销毁。

他是个老实的家庭成员,

精通菜刀锻造技术。火红的炉灶旁,

他是一下下把钢火敲出来的铁匠。

"思想也可以像肉身那样腐烂,

好似不曾存在吗?"这是我问他的另一个问题。

最有趣的思想是和上帝的秘密,

别人不会理解,也很难与他人分享。

他毫不在意诘难,更不在意训教般的答案。

2

我不再为打不出锋利的菜刀

而烦恼。我醒了。

"这些梦太过浪费,活着有什么意思?"

他问我这个问题的时候,

骄傲的讯息盘旋在他酱黑色的瞳孔,

含混着末世的质疑,语气刁蛮。

他是个可有可无的父亲,

是个不太受重视的家庭成员。

喜欢思考形而上的问题,

却无法找到切实路径实现。

在他眼里，我这个锻造菜刀的师傅，

爱过自己的师妹，娶了个庸常的老婆，

不配拥有面对虚无的能力。

是的，我老了。梦里，也不再年轻。

我梦到自己八十五岁时，缩成一副锰钢骨架，

用它，我终于造出了自己满意的菜刀。

他追着我问东问西，

好像要把我的一生讲给他听。

他的臆想超乎想象，还给我编织了极似现实的梦境。

他意图从我身上得到我失去判断的

鸡零狗碎的生活。

这怎么可能。他不能理解

我为何放弃了诗歌，也放弃了艺术。

我要把火生旺，把菜刀锻好，

在梦里无法完成的，

至少可以在细小的生活里完成吧。

"那些喷溅着的火花关乎诗歌的诡谲，

关乎美的本体、善恶的平衡和伦理的瑕疵……

没必要跟人谈起这些。

真的！醒来之后，什么也记不得。"

他于我，形象是模糊的，默示和督责是清晰的。

我弃绝的，竟是他想成为的。

一种现实

东躲西藏的,我无论如何

也逃不出迷宫。

沉重的肉体踏出巨响,脚步逼近。

追杀我的人不舍远路,

闯国学馆,坐电梯,上六楼,

又穿资料室、开水房、领导办公室,

冲向阅览区时,被门槛绊倒。

(门槛太高了)

酱红色的书架晃了晃,

差点把他砸在下面。

我趁机跳进一本厚书,变成了一个字。

这么多字,他哪里去找。

我听说他不爱读书,

一读书就犯困,年轻时被学习所累,

早早游走于生活的江湖,

忘了字里还有乐趣。

他知道我掉进了书袋,藏在书里,

还是没有办法找到。

他很努力，一页一页翻着，
从午后到晚上。他抽出砍刀
逼迫馆里所有的人翻动所有的书
在天亮之前找到我，
才能阻止我遁入别人的梦里。
（那样就永远找不到我了）
于是，书被翻成海浪涌动的声音，
极为刺耳，但极有煽动性。
这些声音伴随着默念的轰响，
震动着空气，仿佛此时的低频低语
能成为一种主义进入人的思想。
我被这些动作和声响吸引、感染，
差点钻了出来。
可我到底犯了什么罪呢？
我又是哪个字呢？
我不知道。他也不知道。他们都不知道。
我变成了标准化的形体，
终于可以放松一下，
终于可以成为我想成为的
平时看起来无意义的介词和连词。
我伸长腿，

坐在思想形成的巨大煽动力前，

被迫接受着煽动。

那些声音像是自己的，

从胸鼓浑然发出，又如牢笼把我困住。

有几次，差点睡着了。

我变换着睡姿，

享受着意义与意义的间隙。

天微微发亮，翻书的人早都困了。

追杀我的人手握书本也打起了呼噜。

我从这首诗的倒数第五行

第四个字悄悄走出。

直到他　来，阳光透过书架翻开他的眼睛，

才发现我已逃走。

我庆幸自己又从名词变成动词，

从此可以在两个世界，

甚至在两种对立的思想间任意游走。

雨 类

1

小时候就恐惧过的雨
如今还在下着。
三十多年的时间都不能让一种惊惧消失,
我们的心有多保护恶魔。
那天下午,天空明亮,
我横着垄沟撒欢儿奔跑,
远处,杨树林传来猛烈的抖动,
好像有人摇晃所有树干,
那是猝不及防的风的声音。
惊呆的我并没有停下,
越跑越快,像被天敌逼到悬崖边的动物
心里慌乱极了。我忍不住回头,
南天云猛压过来,
浓黑色的、夹杂着带有危险信号的巨大红斑云块
压到我的头顶,
世界好像一个容器就要盖上盖子,

一旦盖住,就再也逃脱不掉。

我拼命奔跑,奔跑,奔跑……

终于,羁绊着我的垄沟被我甩在身后,

来到了我认为安全的地头。

刚刚停住,携带强大力量的云块就使劲推我,

我的身体仿若透明,

风一下子就吹过去了,像是没有阻拦。

紧接着,雨扑向我,全部扑进我的体内,

扑向我没办法承受的年纪。

2

没什么是没办法承受的,

即便痛苦是一种病症在青春中疯变。

我始终感到生活的压力,

至此都没有解脱。跟那时一样

我频繁上楼下楼,

在儿影宿舍楼层间转悠。

那天早上,大家都在上班,我又下楼

准备从小院出去。

还没走过那些破旧的就要废弃的自行车群，

天竟黑了（是黑夜来临的那种黑）。

全城路灯突然亮起，我被逼回楼里。

黑夜冲散了痛苦，早晨重新酿出黑夜。

大雨必然来临，如同洗礼。

二十分钟后，云去天亮。

我再次下楼，提着裤子蹚过积水。

哦，还是要上楼拿我的DV。

我本该记录这一切。

去往香山的路上，轮胎下涌动的洪水

在时间的褶皱里逆荡。

经过太阳暴晒，山还是热了起来。

DV没有记录下更为特别的景象。

一些人默默攀上台阶；

一些人把衣服系在腰间跑步；

一些人用手机拍下属于他们的时刻。

水沟里流淌的，是雨的另一种形式，小小奔腾着，

它们正努力把自己变成一朵又一朵浪花。

3

雨,大了,

就在打开窗户的时候。

远近幽微声在汽车浓重的轰鸣中变得珍贵。

你画出直线、曲线,

还有令人生出烦恼的虚线。

你长大了。

你愿意接受打开窗户的人的目光

不再无端愤怒,

不再回避棘手的问题。

你的压力也渗到骨头里,不轻易流露。

因为,雨,你长大了,

就可以为这座城市的人解决愁苦和焦虑了。

也可以为那些伤心的人

提供伤心的场所

和流泪的足够理由。

你无所顾忌的劲头真让人羡慕!

但你要记住,不是因为你长大了

就可以无视理想中人的理想,现实中人的现实。

你长大了,

要谦逊,与人为善,

即使你生于暴力。即使

有时你会让整座城受困于心。

喝　酒

我不再以你为傲,我的朋友。

自从你拔掉全身的鳞片

装作一只壁虎爬上饭桌的时候,

我就知道,这一切伤感是不可逆的。

你谈论过疫情问题、民主问题、

种族问题,还有你小本生意的问题,

但都抵不过你的家庭问题。

你的家庭才是你的大问题。

那天,你给你妈打电话的时候

我听到了你的不尊重,你的烦闷,你的忤逆。

你不该说那些伤心的话,让她知道

到了这个年纪,你从没有过幸福。

你不该说那些伤心话让她觉得

生下你的人是个失败者。

你还说你爸的坏话。老年人不愿听到

陪伴自己五十年的伴侣的坏话,

即便她知道,他是个混蛋、坏蛋、傻蛋,

更别说是从自己儿子的嘴里说出,你这个蠢蛋。

那些尖酸刻薄，应该留给伤害你的人，

应该留给对你毫无善意的人，

别再烦躁别人对你的关心、对你的温情。

你曾经是马路边上踮起脚尖的秤啊，

精准地顽皮，有分寸地骄傲。

在生活的度量下，每次都是完美的平衡呢。

如今，你已经老了。

话，说得大胆起来，有些面子不要了。

肚腩大了起来，身体里的痛也不重要了。

没错！你就像你抱着的那棵树，

抱紧的、死死不放的那棵立正的树，

它早已不喜欢别人的栽培和拥抱，

只希望有风、有雨、有烈日的时候

还有一点儿简单的用处，给予别人，不为自己。

我已不再以你为傲，我的朋友。

你就像你怀里的那棵树，

无法移动，没有自由，早就杵着在那里等死。

因为风来了还要摇晃，

雨来了还要滴落。它那么困、那么累，

还那么心碎，和现在喝醉的你有什么两样。

成功学

从会场出来,他站在树下抽烟。
树影捉住他的影子
摇来,摇去。在阳光强烈的中午,
他感到自己的能量被充满了。
"之前的生活太虚幻,太像一个梦。
真正的世界就在身边,
听,这树叶发出的声音。这车,
和这一吸就晕、一踩就灭的烟头。"
他认为,大师没有骗他:
"成功就是简单事不间断地重复做。
只要用心观察,
就能深入内部形成能量,发生质变。"
乞丐也没那么厌烦了。
这是需要帮助的人,
哪怕是骗人的,也需要帮助啊,
就是能量不够才去骗人的啊。
这个可怜鬼,什么时候才可以过上幸福的生活,
享受人世间的快乐呢?

他掏出一块钱,又掏出一块钱,

好简单,嗯,重复做,

他干脆把自己的口袋掏空。

接过钱的手像枯树枝伸进他的眼睛,

立刻吸收了他释放的能量,生出一片树叶,

与地下的影子一同摇来,摇去。

哦,世上的能量真的是给予他人带来的。

丰盈的意念又充满他的身体,

成功学起了化学的作用。

他想掏空身体,掏空自己的钱包

给路上的每个人都分一点儿。

这个想法就像一个引信,点燃了一串炮仗,

其他想法也跟着炸开了。

他亢奋起来。

"你这个可怜鬼,还有时间,

到六十岁还可以奋斗二十年。"

大师警告他的话让他在中年奔跑起来。

他觉得大师没有骗他:

嗯!每个开始,都是一生的开始。

他有一座城市

走路时,他常给街道重新命名。

青年路,叫而立路。

兴隆中街,叫旺铺萧一条。

朝阳路,叫丹凤眼。

朝阳门,叫胳肢窝。

有些桥在他眼里太过浪费燃料,

陡立而起,上坡时必须加油,

这一年得浪费多少汽油呀。

从桥下人行道过马路,

头顶轰鸣,伴随沉重的震颤。

他突然流泪,呆站着。

这种震动居然是通过石油带来的,

与他内心的某个分寸颇为吻合。

身体的震动跟心里的感动是一回事,他认为。

他还把大叶梧桐树叫象耳朵,

把冬青叫寒不畏,把合欢树叫野合兴。

他望着这些被归驯的植物,

想着它们如何变得这么听话,

从自我生长到被允许生长,只顾结根吗?

路过的每一个人,

他都想重新取一个名字。这样,

就可以缓解自己的病症,

让不必要分辨的麻烦来找他的麻烦。

他快要无法分清这些东西了,

渐渐地,世界对于他,

都变成一个样。不需要区分,

不需要名字和语言,

更不需要他自己重塑过的这个城市。

楼宇之间

价值都已创造完毕,

她取舍自己的部分。

穿过楼群,

她想否定这突来的结论,

可是移动着的锯齿天,被物遮挡,

不像实的,又难以否定。

她能感到的都在变暗,

都在变成几何体。

X树齐刷刷地变成了深绿魔方。

跑动着的人们开始滚动,

穿裙子的玻璃球互相碰撞。

她能感到的黑色在蔓延,

不是黑夜,不是恐惧,

不是她内心常听见的雄辩言辞。

她开始寻找初衷,

独自坐在树下默诵五遍《心经》,

顺着自己心事,但没变成金字塔梯形,
在三条长椅中的其中一条,
她逆着球的潮流变成了正方。
楼宇间,黑方体相互接近,但不碰撞。
相互远离,但不释放引力。

她终于回忆起自己
是逃出细节生活的抽象价值。
她来是为寻找同类,
为消除物的控制。每天克制欲望,
就是让自己活成不赖、不败、不坏。
她不想否定自我,
即使世界灭成一个死点,
她仍认为,她的存在都是她自己创造的。
既然是自己创造的就要肯定
再肯定一番,无论是方,是圆。

"妈妈,抱我"

一块黝黑的铁砧——夜晚——

被穿行世间的心灵击出火花,

飞溅在北京上空、朝阳路和通惠河面,

落进怀抱着的婴儿的眼睛里。

不等自己睡去,妈妈就已经睡着了。

奶水闪耀着高光,

孩子打量着新为人母的年轻人。

爱她的冲动多年后再提吧,

此时,他只想闭上眼睛睡上一觉,

让世界成为双臂,哄着他,抱着他。

坐在长椅延伸出的公园,

那些闪烁着的光亮,在他们周围跳舞、旋转,

飞向一个老头儿,缠住他的腿脚。

他想甩掉这沉重又迷人的负担,

用尽力气挺了挺身子。只停顿的空当,

关于死亡的命题钻进了他的心管。

他无视汽车的逼近,定在马路中央。

排成长队的汽车向他鸣笛,对他叫喊,让他滚开。

就在双腿瘫软的那刻,他猛然睁开眼睛

挣脱了纠缠,迈开了脚步。

突然的清醒让他感到

世界真吵,真焦躁,真不客气!

盲道上,轻扬的垂柳条碰到了他的额头,

摸到了他失修的头骨。

一些光亮顺着街边成为夜晚

最动听的摇曳。紧接着,河面泛起浪花,

不是河水的眼泪翻滚,

那是他倒下去的风玩的一场游戏。

孩子好奇地看着眼前的发生,

他只想尽快睡上一觉,

让世界成为妈妈的双臂,"哄着我,抱着我。

妈妈,紧紧地抱着我"。

铁　钉

他要走出这座大山。

至死，嘴里还念叨着"祖国""母亲"

和零零散散的关于信仰的词汇。

只有老迈又糊涂的生母理解了他的铁钉

为何钉进了树里，怕被人发现的想法

又如何随铁钉被风薅了出来。

他横跨过破烂的木桥，用脚倒钩着自己

像一根游动的火腿。那是他超越自己的第一步。

他走出家门，不靠别人的搀扶

走出了村子，走在太阳即将落尽的斑点边缘。

他至死都没有忘记钻进他身体里的光

在他手掌的血管里发生的反应。

橘红色透明得跟在母亲子宫里一模一样。

他以为全身发热就是与世界接触的最好方式。

只有在山顶才能看见的滚动的云朵

浪般袭击着山谷，这才是他要赞佩的心胸。

只不过，他还不能起身，

不能走出一个完整的步伐，

因为魔鬼和精灵同时从他幽暗的眼神

带着未被污染的词再次进入身体的塔冢。

最终,他还是念叨铁钉的消失。

嗯,铁钉真的会随风消失,跟着生锈的夕阳一同下山。

一场大火必从天空倾泻

终究抵不过一条河的奔袭,

我狭窄的意义从此岸的局限飞脱。

河内锦鱼

来自北水泉树林两侧的傍晚,

携带千只蝇虫。

简朴灰暗的瓦房发出的蓝幽光

大抵是停电后烛台下多余的斜视

大抵是我跨上汽车,车轮旁

数百只手摇动发出的风的呼叫。

我欣喜有雾障的卡司帮我完成表演,

有临时的剑刃与我奇谈,

街道的翻涌,抖出汽车的波浪。

波兰钢琴家为此疑惑,坐在车灯前

弹奏出"给我一轮明月,照出真相"的

真考题。庭院里慢生的枣树

嘲笑我紧张地手抓考卷。我答:

"真相能有多大意思!"

是的！一场大火必从天空倾泻，

在我胸口凶猛燃烧。

被质疑的男人

一切都要被质疑。
墙壁、地板和还未来得及使用的
钢丝床,以及含混着油漆味道的空气
都要被质疑。
你来自你的开始,你并不承认。
谁不是呢?
你崇尚无聊,可你没有办法离开自我建构的
对男人、女人的热望。
你彻底抛开家庭,
只想修炼成"我思故我在"的女神
不想成为"我在故她在"的女人。
你玩弄自己的手指,垫胸垫、穿紧身衣,
涂抹二十多年沉积下来的脂粉,
渴望被拥有,甚至被占有。
最强烈的那部分在疲乏中恍惚站起。
你不可能是你自认为的桌子,
一截被疼痛征服的树干。
你渴望人们坐着你,

在公园、在图书馆、在一个公共场合，

那是你最私密的快感。

你要人们感受你，于是你认为你自己是

被否定的桌子以外的任何东西，

在你的空间，你是板凳，

你是一张纸，微波炉，电饭煲

和被点燃的液化气灶。你认为你是一杯奶茶，

坐出租车时生怕自己溅出来，

弄脏奶茶的裙子。

你还未来得及被使用，

你还是新出生的还未被驯化的小野兽"哞哞"叫呢。

被激励的，终将快活吗？

被贬损的，终将绝望吗？

你不必重新开始。

你要学会接受质疑。

你要知道，一切都会被人质疑。哪怕天理。

野湖终曲

羽毛和枯草是天生的敌人。

每一次,天鹅的起跳都刮伤了翅膀。

冰层融化。发热的旅程

预示着狂暴的开始,

因为春天即将终结寒冬的阴谋。

自然离不开季节的解释,

野湖也不能背叛它的道德。

红色轿车里,纵情后的情人

滑进他们身体内部的幽暗。

啃食一切的漂亮鱼们从此不再害怕人类。

它们只为自己的倒影恐惧:

惊恐于水底能够看得见的自己,

惊慌于失去理智的自己。

即便多日后,因为一根羽毛

和一根枯草,远在城市的线索,鱼钩般伸到水下,

目睹爱的现场

仍然保持沉默,却又惊叹

爱等同于死鬼的骨骼。

为爱，我们找到了更好的称呼，

车的空壳和痛的携带者。

红车被拖出，轮胎在地上划出两条长长的水印，

一根通向爱，一根通向恨，

就像天鹅起跳的时候，

疼痛的双腿，一根插入胸腔，

一根划破天空。

求　婚

新感觉、新事物

会让人兴奋。

"这是上帝的口在人间使唤。"

他成为他。

她成为她。

他想象的最美的生活

已经在身体里开始。

他偶尔去教堂观察别人的婚礼。

冲动早已

让他的衣服支棱起来。

很久以前，他就明白一个重要道理，

如无共同审美，

但可共同创造。

蓄谋已久了，

半跪在光滑的大理石地板，

引来众人围观，

他擎着火焰玫瑰，

语气可怜得像是乞讨。

"我爱你!

可不可以当我的家人,

我们一起生活。"

准备这句话有一年多了,

他多次排练,

多次为此脸红,

多次为巧妙地进入她

并直指话题的核心而感到满足。

"我想让你住在我生命里,

从今以后,你可不可以当我的家人,

我们一起生活。"

"让我当你妈啊!"

卖电钻

在牙科门诊等医生给我补牙,
跨进门口一只脚的老汉
说了几句陕西话,我没听懂。
他打开皱了吧唧的黑色塑料袋
掏出一个二手电钻,问我要不要。
质地朴素的方言,这回听懂了。
一旦进入交流,难以理解的语言都可意会。
我不是这里的工作人员,在等医生补牙。
补牙也不会耽误买电钻啊。
他语气坚定,认为我该用得着。
我用不着。
我坚定的语气让他感到我确实不需要电钻。
他准备走,又退回半步
不肯死心地再问,便宜点买不?
我真的不需要电钻,只需要医生给我补牙。
昨天补过,疼了一晚上,
今天要再补一次。等开门二十分钟,
就是为了让牙早点儿不疼。

他有些失落,把脏兮兮的电钻掖进袋子里。

这东西从哪儿来的?

不要多问。

大概他真的遇见了着急用钱的事,

必须赶快找到买家。

狗　命

你是否尝过了生活的苦？

你是否懊悔于生活不如小说、电影的结构精巧？

您是否厌倦了细密、琐碎，

而醉心于超乎寻常的智力之作？

你是否将他们纳入自己认为的精彩片段，

如同被设定好的角色？

你是否已经不在乎老朋友，

以及即将和你共同开启世界的新朋友？

你是否认了命，接受了命运的定义

把发生的一切理解为理所应当，不产生质疑？

你是否认为美感在运动中产生，

静态的物，也是动的瞬间，

即便恶的瞬间，也要遵循守恒？

你是否否定过善，希望让它到来得及时，

认为它成为世界运行的规范则是另一番风景？

你是否接受过空洞的理念，

就像刚才那些问题，不愿正视，又不去探究，

一探究就疲乏的原理？它们对你没有一丁点儿的用处吗？

你是否好好学习,为了让母亲的病情

看起来不那么痛,不那么苦,让她为你骄傲?

你是否在交完英语培训班的费用之后,

背对着她在公交车站号啕大哭,而不让她看见?

多年后,你是否把否定过的事情再肯定回来,

把其中的坚定当成爱一切的准则?

你是否希望自己能够满足所有人的需求,

哪怕是做出最卑微的、最可耻、最混蛋的举动?

你是否能抛开学来的精致,接受平庸?

你是否尝过了生活的苦,

爱与情的苦,亲与密的苦,疏与离的苦?

而最终用你们青春的单纯的校园生活击败了它,

在紧俏的年华勇敢地吞下,然后摧毁了它。

你是否接受了自己,不再被你有限的命题死死捆绑?

你是否猜中了你会杀死自己的母亲,

肢解后逃之夭夭?

你是否在黑暗的房间里看见,并质问完全赤裸的自己?

你是否爱过我,出于本能的、最深的动情?

正 义

正义啊,
回家吃饭啦!
这死孩子,
滚哪儿去了?
快点——

暴力挽歌

因为一棵树的阻拦

洪水偏离了河道,

猛烈撞击着河岸,在这晚。

直至携带邪恶的石尖

被击碎,变得顺从,不再危险。

即便危险带来了不可控,

它仍声称,这是一种善意。

树从挺拔到倾斜、俯身

历经了三分钟。

相比它的年龄,只是一瞬。

挣扎时,它使劲摇头,

洪峰带来的风气的力量

它无法抵挡,因为腿也被缚住了。

有人在挖它的脚跟,

它痛苦地感到,这好像一辈子。

三分钟里,它还听到了

石头与骨骼撞击的巨响。

恐惧让它无法分辨

这痛，来自趾骨

还是腿骨裂开的尖茬儿。

它麻木地看到，魔鬼从伤口爬进来，

无处藏，也感觉不到疼了。

洪水是合法的。

暴力是自然的。

它知道。

所以躺在峰浪上方，

它接受惊魂未定的规则，

这样骇人的情形，早就经历过。

这个山沟子历史久远，

在努尔哈赤时期、康熙年间、清末、民国……

直到今天。

河道被强力拓宽了。

魔鬼的一部分注入了树的身体，

它有时会吸引冤屈的人上吊，

也会让淘气的人摔下来。

它会在半夜猛力摇晃，怪罪于风，
显示怒相的不过是它的内心。
因为，它掌了权。

阳光带来的暖意
并不能使它彻底改变。
它看着被毁坏的村庄、城市
和本来聚集又离散的人群
变成了狂暴的代价。
缓风吹来，它会发出香气，
消除人的恐惧、疑虑和焦躁。
有时，它抱住靠在它身上的女人，
诱惑她们爬到高处，
甚至想一口吃了她们。

雨 牢

> 雨就是被照亮的神殿[①]
> ——费尔南多·佩索阿

不能猜度这种痛

在她身体里会停留多久。

听人说,一旦钻进去,

这辈子就难以摆脱。

奇怪,阳光的爱人——阴影

在她身上无法形成,

痛的时间、面积和程度也就无从考证。

不重提过往就不会再次伤害。

"我没有过八岁的儿子,也没有过丈夫,

从来没有。他们更不可能死掉。"

她一生都在寻找祛除命运湿寒的办法,

可这像钢制膝盖的隐痛,没有始终。

---

① 引自费尔南多·佩索阿的《斜雨》。

她不想分辨自己夜里的哭嚎，
哪些是身体的，哪些是心理的。

那天，壮阔的黑云奇妙地为她划出了边界，
明亮的意志要为她测量，
风也兴奋着进入她的身体
努力减缓她的焦虑。
是的，即便杀绝自我
也无法走出困住她自己认为的雨的名状。

"雨不可怕，真的没那么可怕。
那夜，什么也没发生，真的。
雨在云里。刀在鞘里。
我不能虚无缥缈地认为他们被人割走了身体，
连同我后半辈儿的生活。"
滂沱大雨中，她走走停停走走，
粗密雨水的铁链击打着她，
闪电也袭击她的心胸。
被周遭的东西玩弄得无法自控，
她颤抖，跑跑停停跑跑。

"真有分量,真像每晚压在身上的痛,

荡出一连串反应。"

雨点敲在头顶,顺着发梢,

流到前额,眼睛,鼻翼两侧,嘴唇,

下颌,顺着脖子上的皱纹往下,

到锁骨、胸口,衣服自然地裹紧了。

乳头硬胀,从胸部下缘流到肋骨、肚脐、

小腹,起伏的雨滴奔涌起来

顺着腹股沟流进大腿内侧。

真凉!再次打了寒战,她的毛孔缩紧,汗毛竖起,

接近膝盖,又平稳匐匐,

小腿、脚踝,爬上脚背,抵达脚趾。

大拇指最凉。凉意最终是从这里流出的。

雨滴滑落的深处,竟是出口,

被一面墙堵住。白色的墙,她面对着。

时间不存在了。

雨不见了,链锁也消失了。

冰冷的身体暖和起来。

她恍然大悟,

驱走痛的方法竟是进入痛的深处。

多年来,她从没能真正体会过快乐。

她要好好地离开自己一会儿,

离开这一切苦。

刚坚事

他怀疑自己睡着的时候

身边家具都散架了。

钉归钉,铆归铆。

书页,甚至笔画都被拆散,

醒来时才恢复原状。

这是前些年他发现的。

世界太不安生,

这些死的东西都活了,

给他捣乱,他说。

有天睁开眼睛,他抓着根椅子腿。

有天,肚皮上残留着油墨。

还有一天,他被惊醒,

腿竟挂上了脖子。

连自己都被重新组装了吗?

他思绪扰攘。

他越想越恐惧。

每天判断着的判断

是否也可以变着花样重来呢?

他跟妻子讲了。

疯了吧。不好好工作,

怎么生出这些疯癫的想法。

针锋相对是一剂催化,

他必须做出决定。

求生的工作让他心烦,

毕竟那不是内心。

经年累积的激越再次涌起,

被妻子压了下去。

晚上,我给你看着,

看你到底会不会散架,

你的思想到底会不会游出

这副虚软的身体。

这晚,没过多会儿,

妻子睡着了。

醒来,世界真的变了样。

她左手攥着一把钥匙,

右手压着从来没见过的那么多的钞票。

她想起身,树藤缠住了她的身体,

叫喊也没用,叫喊只是叫喊。

她四下寻找,再也找不到他了。

在山里，他想自耕自生，

学习自己，修炼自我，

体悟散开又重组的世界。

他要进入的是

超越现实的最坚定的精神，

不可破坏的无形。

彻底、绝对、无法击破。

那样就不会被拆散。

更确切的，

他要在这些看似无聊的举动中

找到光彩，并以此为乐，

把这些琐碎的生活片段当作实体，

变成自己的一部分，

而不是审视的一部分。

树叶不再是树叶，

山谷不再是山谷。

他也不再是他。

半个月后，他终于找到了如意的溪水，

倒影让他身心摇动。

自己还会变形？

这次，他要与它结为一体。

即便破碎也会黏合。

坐在石头上,他让阳光照进身体。

暖流正从天灵盖

通达盆骨,直至坐骨神经,

再升起、返回,

像一股他曾摸过的电门的电流

激动他的全身。

真舒服啊,再也不会被拆散了吧。

他感觉他的身体

慢慢地长出一棵大树,慢慢地,

枝和叶都伸出来,将他撑破。

山谷虚静,延绵着的回音,嘶哑而凄厉。

你这个魔怔,赶紧给我滚回家。

老婆,你别过来!

在托勒海

"风是这里最神圣的事物,

可以把砂粒雕出巨大的弧形,

也可以把弧形打散,聚集可弥散的圆点。"

在托勒海的沙漠,

不锈钢镜面的正方体悬置上空,

天的蓝与地的黄之间。

反光的事物都有它的引力。

无论日夜,它自有魅惑,

就像看不见的真理。

我说了一肚子的话,

在干枯的河畔,黑河的边缘。

说完的话,就像群山飞出去的鸟儿

消散在巨大的天空。

阳光逆转,让暗面发出一道黑光。

黑光照在我的脸上,

我的脸是黑夜的模样。

它不说话，不发出声音。

我躲到哪里，它就跟去哪里。

我躲在胡杨后，

黑光就穿过金黄叶子的缝隙，

穿过粗大厚实的树干

照在我的脸上。

我担心它把我的全部（包括灵魂）

照成黑夜，把我的激情

和对周围的好奇都照成黑夜。

一道白光出现了。

它在另一侧将我的脸

照成湖面的反光。

这是我在立方体的反射中见到的。

它们仿佛在辩论，用激烈的语言

在我的脸上攻击。

它们仿佛在搏斗，用最下三滥的手段

在我的左右脸互殴。

它们在角逐，像两把枪瞄准了我。

它们仿佛在高扬它们主题,

魔鬼的正义。

"造物主并不为造物而生,

它为人类铺就前进之路时

顺便发明了几何。

它可以观测和度量

这只是它虚有的部分,

实际上的数学并没有释放出来。"

我不再接受新的观念,

这大概是个比喻。

在所有的金属面都变成意识的时候

它用最黑暗的方式思考。

它变成了头脑的一部分。

在无意义中闪光,

在枯燥又神秘的空间量度我。

我终于忍不住大叫起来。

"来,既然你的任务是毁灭,

来吧!我把我的灵魂给你。"

终日劳作

滚烫的地面犹如一场图谋

将心中只有吃饭与性爱的男人牢牢锁住。

它发出的被夜雨滋润

又被午前光炙烤出的热烈气体

与他的汗液交合成一股热浪。

他甩开膀子,对地面发起攻击,

试图以本能的力量掘开内心的不解。

昨夜,他听到自己的女人又梦语别人,

因此他坐在房檐下抽烟,

他真想把她从炕上扔下去,找他当面对质。

几次的冲动都被雨打塑料布的声音压制下来。

可太痛了,以至于他感到所有的声音

都带有那个名字的尾音,

甚至黎明发出的光都在亮出那人的底牌。

被击碎的页岩有了喘息的机会。

压抑多年的碎石像烦乱可怜的心绪

死死打在他的小腿上。

再也不想过这幽闭的日子了,

它们终于能在阳光下暴晒,

跟结实的肌肉一起,发出了力气,蹦出了声响。

它们是快乐的。

对于他,"爱"就像不可说不能说不必说的真言,

人到中年,甚至就没说出过这个字。

石头般坚硬的身体要爆炸了吗?

他让镐头插入土地,

让脚深深踩进锯齿草凌乱生长的田埂。

整整一天,他只重复这个动作

像是反复出现的高潮。

他根本不想有冷静的念头,一次次碰撞

给他栽种了仇恨的种子。

可不能在这个时候回去,他心里想,不能。

回去后,说不准会发生什么。

失控的铁镐与石头崩起的动静

比太阳落时与山体擦出的还要刺耳。

夕阳命气温下降,用余晖的金色安抚他,柔软他。

猪　圈

生物工程专业不好找工作。

一毕业，我就失业。

前女友的父亲托关系

介绍我去一家养猪场实习，

任务是去老乡家把猪的习性记录下来。

一开始，我不确定她是为了羞辱我，

还是帮我。我答应了。

（后来知道她是在羞辱我。）

坐在圈门口，

令人作呕的臭气让我无法呼吸。

那些猪看我不是来喂它们的，

一点都不理我。

时间长了，看我没有攻击性，就友好起来。

它们给我展示退化了的獠牙，

给我展示结实的后鞴，

还给我展示交配的群欢。

我鄙视它们的得意，骂它们无知。

一天午后，我在本子上写下

"猪是猪,但不要以为猪只是猪,

骂我是猪也是不对的。猪是畜生,而我不是。"

还想继续写点什么,

浓重的嘟囔声打断了我。

我静立良久。看它想干什么。

这头猪竟站起来,好像在招呼我靠近。

我走近,它还在嘟囔。

听不清楚,再靠近,臭味把我逼退。

看样子,它一定要对我说些什么,

我捏着鼻子,把耳朵凑过去,

但它的语言晦涩,什么也听不懂,

一句话也不懂。

它急切地好似要告诉我点什么秘密。

真的难以理解,又十分害怕。

我让它慢点说,说清楚,

可叫声撕裂,像谩骂,又像诋毁。

另外几头猪也站起,朝我走来,势头强大,

像某种邪恶力量的变异。

我想,如果畜生学会了对抗,就一定会让我闭嘴。

可我努力分辨,真的听不懂。

它们叫个不停,说个不停,

声音越来越响，它们互相攀谈、议论，

还争吵起来。它们的问题

大概是棘手问题，矛盾大概是尖锐的矛盾。

它们想对我说的，大概是特别重要的事。

我去叫老乡，不在屋里。

去菜园子里找，一个人影都没有。

令人惊恐的叫声越来越响，

好似万人在我耳边求我"救它"。

我跑上山地，转入深沟，还是一个人影都没有。

我返回老乡家，

听到几句骂人的粗话。

"成精了，你们！杂种×的！"

圈门口已被染红。

老乡手里拿着的尖刀还在滴血，

滴在他沾满泥土的黄胶鞋上。

那头猪还没有咽气，

它一呼吸，血就汩汩流出。

我看了看老乡，老乡去洗手，

血在脸盆里被稀释，他好像在洗一面红纱。

我质问他："为什么？"

老乡沉默不语，他的额头还沾着土，

顺便洗了把脸。

"为什么,为什么?'为什么'是你妈啊!

哪他妈有那么多为什么!"

随着一声粗重的呜咽降落,

世界安静了。

猪们贴着墙根都不敢作声。

有几头已经放下身段,低下头,收回前蹄,

回到猪的自我。它们不动眼睛地看着

自己的同伴躺在地上,

就这样安静地看着,一动不动。

"这就是世界结束的方式。

这就是世界结束的方式。

这就是世界结束的方式,

并非一声巨响,而是一阵呜咽。"①

---

① 引自T.S.艾略特的《空心人》。

动物们

1. 蛇

太像植物汁液做成的半透明体

以至于我怀疑它是不是大自然所造。

它横跨在枝丫上,腹部悬在空中

悠然得像一架绿色秋千。

胳膊粗的身体压弯了小树,

它喜欢垂在上面,享受阴影。

它最怕光亮,即便光亮无孔不入地进入身体,

变成奇妙的想法,

它看见我的时候,我正朝前走。

它爬下来,拦住我的去路,

蜷缩成一盘,像个修行的年轻人,

它的眼睛充满了欲望

和冲破漂亮蛇纹的杀气。

它本如如不动,我走过去时,

像触了电,突然在空中猛烈翻滚,

是另一条蛇咬中了它。

带着死亡气味的液体

毒液钻进了身体。它回应的也是一张大口，

咬那条比它大得多的黑蛇。

黑色的蛇鳞翻腾起来，

像是黑色海浪袭击着它。

我捡起一块石头，砸中黑蛇，

可越打，它缠得越紧，

绿蛇已经无法呼吸了，勒得它就要死了似的。

许久，黑蛇终于放松了身体，

黑鳞片连接身体的缝隙

发出沙沙沙沙声。

绿蛇沾了土，也不那么透明了。

它朝我望了望，缓慢离去。

是感激相助，还是别的什么。

黑蛇来到我的脚下，

顺我腿爬了上来。

它无比沉重，跟此刻的心情无异。

黑色引信伸到我的眼前，

望着我，我也望着它。它黝黑的眼睛里

充满了安静。我很害怕，也很好奇。

黑蛇勒紧它的身体，

好似一双大手般死死抱住了我,

我的脊骨发出清脆的声音。

我挣脱不动。

它身体的冰凉吸走了我身体的温暖。

我的呼吸急促。

我的脸憋得通红,而它一直看着我,

看着我挣扎。

在我彻底不能呼吸的时候,

绿蛇像是发出了暗号,

黑蛇猛然松开。

我得以喘息。它们一同离去,

发出更大的沙沙沙沙声。

我这才发现,自己竟如此愚蠢,如此可笑,

如此将人家的一番浪漫错会。

我竟不知道身体的剧烈碰撞、撕扯,

除了你死我活的争斗,还有另个名字叫作交欢。

2. 狼

五个小狼是五个孩子

在狼窝边演练未来。

比它们还小的小鹿被它们逼到死角,

惊恐的眼神在野性面前

是即将熄灭的火星。它们想着如何进攻,

小鹿想着如何逃走。

母狼在不远处观望,

像个教练在审视自己的队员。

小鹿突破防线,却被母狼赶了回来。

它嚎叫着发出指令的时候

小鹿看到母狼满口无牙,

像一个充满威风的老人,却没有了攻击性。

一种悲哀涌来,母狼已老。

老狼在死去之前

要把孩子们训练成斗杀猎物的高手。

小鹿再次突破了小狼群

后蹄踢到老狼的脸上。

老狼转过头来愤怒地嚎叫,嘴里喷出了口水。

一群豺狗出现在她的身后。
小狼们还没有学会如何避开凶险
吓得赶紧躲到洞里。
豺狗大摇大摆地朝洞口走来,
老狼上前,挡住了去路。
厮杀开始,小鹿逃跑。
老狼命中了豺狗的脖子,
狼没牙,终究变成了废物。
豺狗挣脱出来,反倒兴奋了,
它们肆无忌惮地撕扯着老狼。
豺狗的利牙如刀,老狼无力抵挡,
被狠狠地咬住了脖子,
咬断了气管。
五只小狼围住了豺狗。
这是一场生死之战,
也是它们野生活的开始。

3. 狐

它走进我视线的时候

是在满山红叶和黄叶的秋天。

浑身通红的毛,奔跑起来像跳跃的火球。

它融入林间,就像长在了树林里。

它是个无忧无虑的怪奇,

跟自己的脚步玩耍,追着自己的尾巴。

它不考虑明天如何去过,也不想今天吃啥。

它跳脚跳得高,落回原地;

它跳脚跳得高,又越过灌木丛。

为了自己能快乐一点,尽量躲避来者。

无论是水獭的邀请,还是地鼠的酒宴,它都独自跳舞。

无论是孔雀的摇摆,还是雉鸡的引诱,

它都无暇顾及。它让自己成为

一个舞姿纯熟的舞者,在高山上,在山谷里,

在这片属于它自己的树林。

它是最耀眼的舞者,一个不因为偏见而熄灭的火团,

也不因为无暇顾及他人而有愧意。

渐渐冷去的季节，

它要跳到枫树叶落尽，月亮都升不起来。

4. 熊

大概只有洞子里还能挡点冷风吧。

刚还能看见的谷底已经被大雪抚平。

我身上只有单衣，也已破了。

好像有人在我的左右吹气，要把我吹倒。

这个深洞，跳下去能上来吗？

至少不像外边那么冷。

我已不担心我的性命，跳下去！

洞里确实温暖很多。

我累极了，想靠石头歇会儿，

却靠在了一幅软软的被上。

我以为自己产生了幻觉，

一股浓重腥味儿朝我袭来。

竟是一头黑熊。它死死地盯着我。

环顾洞壁，绿蛇、黑蛇、火狐、小鹿、豺狗

和几只小狼都在看我。完了！

天寒地冻里，它们一定会把我吃掉。

可绿蛇失去了绿色，黑蛇瘦得像根鞋带，

火狐没有了尾巴，豺狗毛全部掉光，

小狼奄奄一息。互为食物的动物们互相看着，

却失去了搏杀的冲动。

大家都窝在各自的位置，饿得动弹不得。

第二天了吧，也许是吧。天晴了。

迷迷瞪瞪的，谁知道时间呢。

寒冷在啃我的脚尖，咬我的耳垂。

一道光射进洞里，被黑熊接住了似的。

它张开了嘴，接受阳光的温暖。

阳光好像能穿进它的嘴巴

钻进它的肚子。它不停地咀嚼，

心满意足地打了个饱嗝。

别的动物也学它的样子，接受阳光。

不停地咀嚼，随光线的移动

变换着脑袋的方向，像向日葵一样追随着太阳。

阳光来到我面前，我也张开嘴，

任它流淌。它融化了我肺里的冰碴，

融化了吸入的动物气息，

我也咀嚼起来。

黑熊小心地接收光线，还举起了前腿。

它的左前掌不在了。

是让什么动物咬掉了？还是让人类割掉了？

还是让冰冻的天气给冻掉了？

反正，那只熊掌已经离开了它的身体。

看着它那么享受阳光这食物，

我也顾不了那么多，继续咀嚼。

阳光真能让饥饿消失！

我竟然吃饱了。精神好了起来。

动物们也恢复了活力。

火狐蹦跳起来，它让我们知道它现在多么快乐。

绿蛇、黑蛇、火狐、小鹿、豺狗

和几只小狼也跟着跳了起来。

黑熊也一瘸一拐地跳着，心满意足地跳着。

是的，身体残缺的生灵都复活了。

我们都恢复了本性。

第二辑

小小院

用叶子编织清爽,

滴水观音滴出梦来。

如同锦鱼的活泼,

雨被记住,

每次潜行后升起

都会在水面画个圆圈。

浮游虫一思考,

白云朵就会盛开。

院子里有这么多美的事物,

何必再造新的。

石板下潮湿的水音

也足够坦荡,

你若爱听,它就在说。

山里下雨

如果雨来自云的团体表演

雨声来自怀柔某学院

桃树杏树山楂树的吟唱,

而被怀抱着的人

来自刚被命名的新事物,

那么雨不再是雨,

雨声刚好敲击梧桐树干,

石砌的小路蜿蜒山坡,

他们走进这通爱恋的朦胧,

想必是受善念驱使。

如果云来自雨的团体表演

怀柔某学院桃树、杏树、山楂树的

吟唱来自雨声,

而刚被命名的新事物

怀抱着一个个人,

那么,云不再是云,

梧桐树干敲击着雨声,

山坡蜿蜒着石砌的小路，

朦胧的爱恋走进他们，

想必自然里恶念是受人指使的。

旧　事

一些旧事仍在发酵，酝酿出现在的我。

几年前，也是冬寒割脸，

无所畏惧是我的全部。

一碗又一碗腥膻的牦牛肉面

在那些猫咬般的早上腾起热气。

从早到晚，只能用葱花

和一碗汤的时间祝福。

坐在门口，她每天必坐在门口，

同一地点，同一时刻，

像铸铁钟等待敲击，无所畏惧是她的全部。

雪很薄，但已足够惊喜，

也足够危险，在她的头上落下，

并不融化，并不滚落，它们聚集一起

成为祈祷和嘴里飘飞的咒语。

只有成为一尊佛像才能无所畏惧，

才能让自己成为被护佑的人。

风，从不理解她的苦衷，

从不把旧事翻新，也从不懂我，

只把我从玩儿命少年催长成涣散沉默的人。

新的一年，她已被车窗上的冰花模糊成了大婶，

如今已是阿妈了吧。

她的旧事发酵成了照片。

也有可能，旧事已经死去，

这样，我就可以让自己不再惋惜，

不再叹息过去了的生活。

风　哨

人类的一阵秋风

把它从一棵树的超越带回了一棵树的本来。

与世界交流的通道不在了,

语言的叶子已经落光。

它把自己收进从不外露的孔窍里,

想说的话都闷在心里,

就连表达冷,也只能用细微的、

略带僵硬的晃动。

"令人玩味的、招摇四季的慢力不是很有魅力吗?

别说等大风吹来,才发出哨音。

别说冷刀子结了冰,

脆弱和冷风景才打出响指,

干脆找些词掩饰得了。"

狭隘和偏见出于自我感受的珍视。

我当然知道感受的意义,

它等同于存在于世上的最重要的美的发生,

但它会返回被强制遵循的空洞。

那我为何必须赞美瞬息组成的时刻,

而不是赞美它反对寒冷的骨气呢。

它常常仅是个意象——

风的形状和他人的心灵。

而强烈震颤的,与我看见的是否达成了共识?

如果它始终保持异见,沉默不语,刻意地冷静,

那我该如何理解它和大地的关系?

大　雪

无法佐证天气预报的大雪

更为迅猛。

它放弃了形状，

一副被风翻卷的漫游者姿态。

被击破的碎屑

无法按内心的方式飞行。

它料定自己无须意志

才配得上这漫天的逍遥。

正因这般愉悦

它又放弃了声音和说话的权力。

在十二楼窗旁收心静听，

我确实没听见

它与谁有过交谈，

也看不懂它要去哪儿。

可大地的钟摆在我眼前摇晃，

巨大的轴承

死死顶住众人的踩踏，

嘎吱嘎吱的声音

是要预报撞响复活自我的警钟吗?

桌 上

他用一饮而尽

告诉大家兴奋来自一具夸张的躯体。

工作的重压和选择的艰难

此刻都不存在了。

他要忘记平日里的犹豫和磨叽,

他该敞开、拥抱和放飞,

可他只顾喝酒,忘了表情应随心而变。

柔软又微小的皱纹

固定在酒杯悬扣的冲动中了。

他因为惆怅而生动,

被激起的超出自我的勇气让他再来一杯。

杯子跟杯子碰在一起,

发出清脆的响声,多么悦耳。

他应尝出了悲伤和酒一样,

多么醉人。

盘子问题

可贵的圆圈可以是任何质地,
只要它足够光滑,仿佛一颗瞳孔?

高价售出的到底是陶瓷
还是它的痕迹,因为出自神手?

为什么我们那么追求圆满,
还能接受它的缺陷?

我们用渴望为月亮发光,
为云彩拉开丝缕,到底是一套罗裙?

是我们创造了它,
还是私藏了它?

为什么人的歌声一停止,
它量盛过的大海就平息波涛?

写景时光

从乱石丛中穿过
我变换了物种。
石头的粗糙摩擦
让我亮出防御的机制。
双手释放吸盘
攀爬着石头,
突然有了与此山纠缠的力气。
这与我出门时的懒散、倦怠相反。
到山顶后,
我要变成石头的颜色吗?

就要离开这儿的山海,
还没有特别的感受能记下来,
心有不甘。
嗯,要爬到山顶,
让风景建立我来此的意义。
(多可笑啊。
来与不来,走与不走,

意义都是没有的。）

何必用仪式感伪装呢。

越爬越开阔,

风占据了感官的主导。

皮肤抓住的温凉

已经让这次较劲生动起来。

别管是山还是海吐出了太阳,

也别管白衬衣

是否变成了黄花鱼肚。

我在意的风,

在身边无处可去的断崖涌起。

凉意裹着遥远的炊烟带来了早饭味道。

这不是风景,不是。

这里没有海,没有。

大一写生画过的曲线

此刻连在了一起,

(不,我没有回忆)

在心绪的起伏中形成了山脉。

(别让我回忆)

可不,还有两三个天使

从山后背负着石头起飞呢,

它们的任务

是将这平静的山谷搞出点动静来。

于是,荆花的风平着吹。

被树林过滤后的香气

弥散在它们轻掠时的翅膀。

石头终于可以是云彩,

反重力在倒转山顶,

阳光甜甜地袭来。

已经袭来,人的呼喊听不清楚了。

人的语言听不清。

人之外的语言听不懂吗?

真难得!可这不就是最平常的早上吗?

跟小时候的一样。

(干吗回忆!)

可以下山了。

我来,与不来

并没有改变山的状态。

我走,与不走

山无非是一弯小舟。

那些轻轻重重的雨点皴

着魔似的跟我下山。

有的挂在树上,

有的掉进石缝里。

还有一些,肯定是经不起远路的颠簸

掉了队,趴在峰石台上。

有些很黏人,

我想赶走它们。

(别跟着我,我要回的地方

无法用皴的点染。你们的存在

毫无意义。)

下山的路,也是上山的路,

我并没有变化。

来与不来,都是我。

也没什么感受,

走与不走,都行。

当然,我变成章鱼这事,

请不要告诉外人,

连我的女儿都不要说。

山上哪有章鱼，

这些都是骗人的把戏。

唯一变幻着的是迷人的心性，

捉摸不透，也不可捉摸。

我努力用词，就像用力爬山

成为这首诗的基调。

强行能够成为小小的开始。

我并未感受到我的感受，

就像我再也不能找到被赶走的

丢失的雨点皴

（我后悔极了）

跟着我来到我的生活。

我并未感受到我的感受，

就像山海从不需要我，

它们也从没有需要过任何一个人。

哈滂瀑布与界碑

我何必拥有你，

在过去了两年之后，

才依稀想起

你从悬崖落下的长发

不停向地底扎根。

空气温凉，搅动着

不同于周围的风的旋涡，

湿漉漉的，像极了

初春的爱情。

浪被轰鸣声敲碎

蔓延着，水雾挟着蜜语。

我对于你，

同样是个远道的传说。

八月十五，

竟与汉人有同样的遥望，

嫦娥想必走遍了山脉

来到这里,

示显出变化的无常。

原来,世上的人

共享你的裙袂,

含混着一低头就眩晕的迷离。

穿过你,并不容易。

贴近你,竟是冰冷。

你不是我想的那么热情。

只有勇敢而切实的冲动

才能在你的身体里

荡漾片刻。一些人退却了,

他们望着你的美,

知道难以靠近,于是远离,

最终走向界碑。

这是国的边界,

而你流向另一个谷川,

不知是何时划归的禁忌,

越过去

就是犯规。

没有犯规,哪来的爱情,

你对我说过的,我刚刚记起。

就在刚才,钦郎当的村民

从你仰起的额头俯视,

他应该看到了

一些欣赏风景的人真的远你而去。

只有个湿漉漉的人迈向界碑,

和它的另一边。

感应史

听我说，找到合适的地方你就躺下，

尽量贴紧细沙，

让凉意透进后背。这比海风暖和。

身体怎么能无偿遭罪呢？

不能否认，大海是沙滩与白浪建构的，

海浪又给海滩留出更多的空间，

才形成你躺下的这片空地。

划分凶暴与安静的方式也有很多，

渐渐远去应是最安全的。

浪在风的助威下拍向海岸，

但最终会返回，也会被彻底吞没。

我知道你无法平静下来，

就像海面无论如何也没办法停止激荡。

它若是真的停下，

你能用最大的善意理解它曾经的汹涌吗？

升起与降落的海浪间隙，

浪花会自拔出海，

你能感受到她送给你的难以感受的虚空吗？

也别光听我说，

找到合适的地方躺下，就对了。

飘忽的事物

飘忽的事物渴望稳定

就像渴望无用之物有用。

这个比喻渴望

它的意思能确定下来,

但始终无法确定。

因为飘忽事物的不确定

庞大建筑的阴影也不能确定。

随意的风、可见的云

一旦确定了规则,

会结实,但会变得拘谨。

我否定了此前的观念。

几年前,我还倔强地认为

只有"我"的,不加入别的成分

才是稳固的。现在我知道

任何形式的不确定

都是情绪的风吹动飘忽的云,

美,但缺乏准确的形状。

即便真善美让人无法拒绝。

即便这些都是飘忽的"我"的渴求。

附：本诗的读法

它可以不是从前到后的意思。
它可以从后向前。
如果把倒数第二行第五个字
替代第一行第一个词，
再把倒数第三行倒数第一个词
换到第一行第三个词。
这样，你就会得到一首新诗。
或者把倒数第四行倒数第一个字
替代第一行第一个词，
再把倒数第九行倒数第一个词
换到第一行第三个词。
这样，你又会得到一首新诗。
这首新诗是你创作的，
并不是我有意所为。
飘忽事物的不确定性也与你有关。

快2线区间

朝阳路,快2线区间,太平庄车站,
寒气将我死死顶住。隔一个红绿灯,
车头闪着红色标志的公交车向我驶来。
10点,会议即将举行。
批判和挑剔,一些无端的理由
会爬到我的跟前,
成堆的图片、PPT和PDF文件,图书馆和时间
都会被焚烧、销毁,甚至被强行拆除。
那些夜晚默默老去脆化的骨骼
难以支撑这些瑕疵。以爱互换的文字
将在众口中变得廉价。这场战斗
明知强敌会将我摧毁,然而我必须献身。
我挥霍了大把的时间在细节上,
却无法辩驳那些来自瞬间的袭击。
被滥用的权力在众多年轻人的面孔中尽情释放,
有人小心,有人却因此大胆起来。
我把自己交付给众多日夜
就是为了换来一场毫无意义的辩论。

公交车的门开了,人们逼我上车,

可我不想把我的焦灼传染给这些无辜的人。

偷　水

终于在平静的水面看到自己的模样，

它渴极了。嘴触水面的那刻

水波荡起，脸一下子乱了。

脚踩河边碎石，涟漪泛起。

无法安定的幻影中，着急的猴子

跑来跑去，上蹿下跳。

刚刚稳定些，又来一阵风。

真难控制，看清自己的脸有那么难吗？

伙伴们在树林里酣睡，

它要等到风平息，浪静止。

月亮并没有升起来，黑夜也看不见自己的倒影，

看不清倒影就无法证明自己的存在。

它又渴了。这次，它不那么着急喝水，

也不去着急摘树上的果子。

好好想一想，是谁让它来到河边，

是谁想让它看清自己。

它即将看到的到底是自己，还是想象中的谁。

孙达文,你长大了吧

孙达文再也不会因为独头蒜为爸爸苦恼了。

他在腊排骨店里帮忙,

只是帮忙。那时,他已辍学。

他问我,他送我的独头蒜辣不辣。

我说,太辣了,辣得我咧嘴,辣得我舌头疼。

他笑话我的时候,得意极了。

太阳悬在头顶,阳光落在地面正像一片腊肉。

他说,特别辣的话,可以拿回去给你爸尝尝,

辣一辣他。我觉得这个孩子

有点意思啊。他追问,要不要?

别扒皮,也不要钱。

我拒绝了。我不能因为一头蒜

让别人发现我的柔弱和我满腔的激动。

我忘了问他,他爸爸尝过独头蒜的辣味之后,

是什么样的表情。他得逞之后是不是也得意极了。

他不可能说,或许也记不得了。

现在,他应该长大了,可能还在卖腊排骨吧。

也可能远离云南,到内地打工。

他可能再也不会遇到为他的玩笑戳到痛处

直到十多年后,还不愿再次提起的那个人。

58场　山顶　日

青和林坐在山顶，

一起仰望天空。

青躺在草地上，

林也躺了下来。

突然，成群的白蝴蝶

从青的胸口涌出，

越飞越高，越飞越远，

宛如白色的云，巨浪般升起。

注入身体的凉意

是睡意，也是安慰。

林鼻息微动，没有睁眼。

"我还活着吧？"

"你把我吵醒了。"

"我的时间快不够了。"

青见林没回答，翻过身去。

"你想要个孩子吗？"

白云缓慢翻滚，

像聚而不散的老友望着他们。

"当然。"

心理建设

"出门之前,做过心理建设了呀!
只要把自己的工作做好就行,
管那么多干啥!
我要赚到钱,赶紧买了房子,
此生就踏实了。"
怎么还突然沮丧起来了呢?
她去上班,还要面对糟糕的
被厚黑学捆绑的脑袋。
"不就是转个弯吗,退回来,
退回来不就行了。"
她退回到阴影里,让阳光射不到她,
澎湃的心这才稳定些。
"哦,见不得光吗?
想法只在暗地里才能实现?"
她试探着上前,再次转过那棵树,
阳光落在她的高跟鞋尖上。
"谁说阳光就一定让人愉悦!
很多时候,恶就是在光天化日下发生的!

恶人不会因为白天变得善良。

管那么多干啥！

你没有办法让自我之外的人

成为你承认的全部。世界不会因你存在。"

她上前一小步，让阳光落在

起伏的胸上。这是精心打扮过的乳房，

她用精油和牛奶洗过。

"这是性与命的部分。跟每天一样

昨晚十点下班后，

回到房间，打开灯，照见五蕴皆空。

我不会被镜子里的自己蒙蔽。

我知道，我本不该只属于平庸的身体。

这句话真实不虚。"

阳光的热让她的胸口再次胀了起来。

比起夜晚，白天就坦然很多。

她趁机走出去，走到通透的阳光里，

走到不完全属于她的世界。

"我只存在我的身体里，就连钻进我身体的光

和它带来的幽暗的快感，都不属于我。

我想找个人，一起分享。

我的前世也是这样怀疑自己吗？"

她步子越迈越开，

像是钟表的两根指针，

放下了时间，不只停在某刻。

雨雾天

不是雨,也不是雾,

道路并不友好。

我想在红绿灯下面

开一扇窗,在正准备转弯的

杨树枝条中再开一扇。

它们跟我一样,

多么想知道,迷蒙的气息后面

到底藏着怎样的神秘之力。

打开窗户,

它们是否能暴露出来?

停在斑马线前面,

黑白色条纹爬到我的身上。

我需要这些几何答案

和百叶窗集体倾斜造成的眩晕吗?

七面纱舞

气温陡降。被爱占据的肉体
还不能以恨示人,
它要在得以极乐之后
变成美妙的性与痛彻的绝望。
我还是要你的爱的,但我不要
在世人都以肉体温存时
降下怜悯给你。
恰好还可以旋转,还可以舞蹈,
恨意已无法用面纱遮盖
我的引信,我的忍羞极限。
你必须为你的高傲付出代价。
再也不想爱着我的爱了,
再也不想负累于你缺乏的爱的能力。
为一份恍惚的意志
把我的每寸身体都裸露在众人面前。
亲爱的,请看我的燃烧。
亲爱的,现在,我只爱你的头颅。

唱　歌

不再上学了。每个周六,她都要去
对面山坡的教堂唱歌。她把饭做好才去,
她等弟弟不闹了才去。
她背着弟弟去。大概太着急了,
她想回家给弟弟拿点吃食,已来不及。

歌词充满了神秘,
一种只有当地人才能听懂的语言。
她只顾唱着,弟弟慢慢睡熟。
歌声是她最美好的时光,
是一切难过时间的避难所。

大家都陷入自我的圣体,
超越于世,又堕入尘世。
一切语言都不重要了,
那些声音在赞美里化成一股力量
让人安然地活下去。

每次都有新人被拣选。

米酒和面包，江水与苞谷，新来的圣灵

都在人们的期待中被高高的建筑

接纳，吸收，被汲成

人生里最渴求的好生活（不是真理）。

她常常坐在木房的门口

想象课上的时光。伙伴们的聚集

形成了魔力，她忍不住要出去

分享自己。轰鸣般的歌声让她的渴望变淡，

变成自我安慰的沉默。她沉默地唱着。

应该是饿极了，弟弟醒来。

撕心裂肺的哭声没有打乱唱歌的节奏，

人们投来目光，但并不停止张嘴。

善意聚焦成了微笑，但点燃了她的火焰。

她必须起身，去沏一点儿玉米糊糊。

歌声越远，越难割舍。

好似在内心发源，离开就是背叛。

她忍不住快跑，逃离。

弟弟的痛哭里，山雾自顾爬升、下降，

而回家的路在模糊，甚至弥散了。

我一眼就认出了她……

我一眼就认出了她，
那个十几年前，
父母被杀，凶手还没逮住的姑娘。

手里牵着三四岁的小女孩，
满脸的笑联动着她的笑，那么开心，
好像她也变回了孩童。

她们等待着开门的一刻。
重门开启，人流涌出，
丈夫和爸爸从工厂的生产线上

下来。每一天都是充实的。
阳光还未落尽，注视着金色发丝
她们仿佛都是完整的，从来没被伤害过。

消瘦的姑娘

午夜的黑深深地印在了她的胸口,

像一块胎记无法剔除。

对,就这样揍她,

让她干瘪的乳房溅出两千个字的颤抖,

让她轻薄的嘴唇喊出痛苦的重音。

她已经不是吸水的芦荟了,

竖弯钩的身体依靠墙面,

呼吸轻薄的尘。她已经不是转向太阳的向日葵了。

但,对,就这样揍她。

扯她肮脏的围裙,揪她圣洁的脸庞

扔她石头,废她时间。

我唯一能做的就是为你歌唱。

那又如何。她洗去手上的污渍,

结实的笑声在重重心思中发出亮光。

别,别再揍她了。她不是抹大拉的玛利亚。

她不是我们的公共情人。

成 年

在五月温暖的季节，

他像发情的小牛给自己

上了发条，奔跑，撒欢儿。

那种最贱命的情感

支配着一个人的追求。

他说自己十九岁，

但他看上去至少二十九岁。

膝盖往上，大腿前侧，汗土腻渍的上面

覆着好几层灰白涂料。

眼珠布满了

闪电般的红血丝。

为了看懂那个姑娘，

本该上地站下车，

他已经错过了回龙观站，

龙泽站，霍营站，西二旗站……

实在撑不住了，

他的脑袋像被重物拉了下去，

喉咙里滚动着因劳累而发出的沉闷的呼噜声。

女人的密码

他感到这个女人的密码

正通过吻源源不断地输入他的身体。

关于人世的烦恼,

以及对于炼金术士能力的渴望

都随她吞吐的热气消散了。

旧时光里强行的快乐

此刻都算不得什么。

他开始承认过去,

解除了与人为善的警惕。

哎呀!做回自己

只需要扑灭和点燃身体里的火。

因为热烈的吻,他感到自己竟是真实的。

接受祝福

我们能从她的微笑里获得些什么：
一些积极的探讨，
一些新鲜的理论
和晚饭后被男人侵占的身体。

是的。她的手边没有左轮，
没有管制刀具，
更没有拿起它们的力量。
要明白，她是可以杀猪的。

她的很多想法被混沌困住，
被想挣脱但无法挣脱的蒙昧拉扯。
谁能将她从漫长岁月中摘清楚。
对，她要再次结婚，进入到新的轮回。

爱情的渴望跟结婚相比，
不切合实际多了。她要在婚礼上

接受祝福。总归，人这一辈子，多接受祝福总比多挨骂挨揍要好得多。

年终总结

被上个老板骗了之后

我就不想做文案了。

现在这个还不厌其烦地教育我,

说这说那,还画饼,

可我还是看不到希望。

相比事业的进步,我更喜欢整理房间

喜欢家居,喜欢宠物,

我还想到一些地方做义工。

可是,那太远了,也太累了,

去了一定不能适应。

要是感冒了,感染了病毒,

说不定还会死。

你怕我死吧。鬼才信呢。

去三四线城市创业?

去年有人邀请,我拒绝了。

为什么拒绝了呢?

不知道,大概是为男朋友吧。

可我想跟他分手了。

就是为了他才来的上海,

现在竟想离开。

我自己一个人多开心,

轻省,没有负累。

又要辞职,又要分手,

我能承受得了吗?不知道。

做了才知道。我要走,

离开这个我带不走的生活。

我要走,也得下定决心。

可是我为什么走呢?

就因为被骗了,嫌烦了

还是因为激情打没了。

不能啊,我不是战斗天使吗!

还是因为他吧。

唉,男朋友对我没么不好,

没你对我好。

反过来说,你就是心虚、胆小,

你就把我抢过去

又能怎么样。

你还是不敢光明正大。

我知道,我没你老婆成熟,

没有她有魅力，可你为啥招惹我。

招惹完我，又想逃。

没那么容易吧。要是让她知道，

她会弄死你，毁了你。

我也能毁了你。你敢不信。

不敢再往前走一步，

你是知道，你要付出的成本太大了。

为了我，也不值得。

你这个人我算看透了！

你不敢！你也不配！

没那个魄力。你骨子里的事，

我算是清楚了。

别再扯淡，少说那些矫情的鬼话吧。

谁信呀！上个世纪的矫情话吧。

你们都是老人了！

你呀，out了。

嗯嗯嗯，我不走了。

好了好了好了。我不走了。

我要原地崛起。

我男朋友马上回来，先不聊了。

再见。

再也不见了。

呵呵。

杜某某

年轻让她醉心于要死要活的爱情,

醉心于要风要雨的世界,

可美好的日夜过去了。

她在木椅上蜷缩着,太阳来到肩头。

时间的直线钻进她胸脯缓慢起伏的阴影,

带电的神经让它们明亮,

头发立刻有了光彩。

发梢垂在地板上。惊醒时她发现,

滑落的速度慢得多。

现实、梦幻与记忆的速度竟全然不同,

而肩头的齿痕却完全不受影响,

牢牢地长在每个时空。

这是在高潮时,她命他咬的。

爱的时候,她认为自己愿意去死,

仅为一个微弱的理由可以熄灭一生。

现在,她恨不得用砂纸磨掉这个令她羞耻的痕迹,

消除那段难以磨灭的记忆。

这是鄙视,是嘲讽,

是最缓慢的笑而未笑，

是多年前身体里还未终结的震颤。

身心因为这个男人报废了。

她不理解他毫无征兆的劈腿，

去和自己看不上的人交媾。

她不理解，自己全然的坦诚

为何只换来一个比羞耻还要羞耻的羞耻。

她想用铁砂纸磨掉。

于是，随她鲜血流出的

不是原谅，不是宽容，不是理解，

也不是带着恨意，就像灵魂流出了她的身体。

现在，他好像不存在了，

异端般的恐惧消失了，她怅然失落，

可还是回归了自己。

她感到的疼只属于自己。

从此，她要靠独立的双腿走路，

独立的人格行事，不去依靠别人分享，

不去祈求怜悯，更不会期待它能无故消失，

这算是虚无的一部分吗？

终于，她不受激情的奴役，

不受爱的控制，成为了一个人。

她要极力抹去过往,宁愿钻心的疼痛
纠正她过于激情的付出。
事实上,还是无法抹除灵魂里的痕迹,
因为这是她关于成长、余生与爱的描摹。

松林谷里的疯子

他说,他看到的就是他的世界,

而他没看到的,即便同样发生的,也是别人的世界。

他的世界和别人的世界组成了全世界。

说这话的时候,他指着一条小溪旁小水湾中的小水潭。

倒影是他自己的。他竟然还大声告诉他的倒影,

不管是他看到的,还是他没看到的,

只要发生过的,哪怕是个倒影,

都是存在着的事实本身。就像他说过了这句话,

就发生了这句话的意义。

这句话就成为了这句话,成为了它本身。

不管这句话是被水冲走的

还是被风吹走的,它都发生了。

可是,这句话的意思到底是什么意思呢?

话只是话,就像浪花只是浪花。

是嘛,是嘛!可不是嘛!

这些东西是谜语吗?是不可解的神秘吗?

可他为什么要对不可解好奇呢?

就像这句话到底是什么意思,

他并不知道,但它存在,我们承认了它的存在。

溪水里的尸骨是溪水的意义吗?

还是本来不存在的意义,却发生了意义,

就变成了思想的了。

他捞啊捞,捞不出来。他不愿一再去捞那个头盖骨,

望着溪水里白色的鹅卵石般的头盖骨

叹了一口气,他好像明白点了什么。

他消失了,像是被风吹走的。

据说,他向着深山走去,

向着他自己认为存在着的地方走去。

而他的路是他的逻辑,脚印和身体的味道就是他的意义。

依照这个命题,按照溪水和倒影的说法。

他有头盖骨那么洁白吗?

第三辑

开 春

我不记得

如何与大地共同创造过春天,

也很难想起春风里的信息

是怎样划刻于我的记忆。

一旦暖风和煦,枝条摇摆,

就陷入自我塑造过的可怕的感动,

酷似惊人的句子,令人不安。

那是最顽劣的习气。

我不记得

如何与天空共同创造过云彩,

飘忽的,好似被看到,

甚至能被钢琴的黑键触到,

就是难以得到。

我曾愚蠢地伸手,

试图将它们聚于掌心,

好让这无法企及的春日的微潮给我力气。

我不想生出太阳的意志

向人间照耀，

也懒于在河水中与人同行，

更不愿意陪着孤独的人暗自伤心。

我曾渴望的，竟是现在厌恶的。

再不想创造，

再不想把柳树的绿冠扔进水中，

在夕阳里变成金色头颅。

太绝对，也太可笑！

我已经彻底忘了

与大地共同创造一切的技巧，

与一切共生的念头。

说实在的，

我并不惋惜。

因为大地还是那个大地，

只不过长出不同的庄稼和人。

河　边

若不是水面上耀眼的亮斑侧逆着,

太阳在转弯处不能形成一个圆,我还以为

河边骑车和步行的人是高楼外墙玻璃

跳下来的反光。道路两旁的树

久久站立,对望。缝隙里,

汽车闪过的轰响和蝉声的嘶叫

让安宁的主宰者在这个午间遁形。

过马路的快乐蹦跳与孩子的轻盈脚踵互为因果。

伸入洞穴乘凉的河水钻进它们的步伐,

紧迫、急躁,但按部就班。

废弃的闸口旁,机房的红瓦尖顶

已与周围和谐成一面风景。

载人的帐篷像闯进海面的船,飘悠着,

鼓动着遐想的热浪。

待建大楼的空地行使大海的权力:

巨大虚空般的现实在众多人的腿里扬帆,

引发第十二层的楼房微微晃动。

只有太阳偏移到闸口后边,

反光与反光黏合到一起，才成为真实的存在。

那些碎片为一阵风

跳动、翻滚起来，再次成为河边骑车和步行的人。

旅途所见

坟墓里爬出的不都是鬼魂,
还有挺拔而起的野草。
平整的土地上,烟气正消除雾气。
有人在点火烧秸秆,
有人在命令不要。

树要和春天交流,才会长出树叶。
它引来风的聚会,
并把不怀疑输入坚持者的内心。
渴望过的,不想再得到。
被毁灭过的,也不期待复兴。

路要走得远,才可以回望,
鬼魂却永不现身。
他们早已得失落、恼火的果。
田野不因为宽阔而欣喜,
也不会因为肥沃而傲慢。

我们都可以目睹，却无法拥有。

每天，田野绝妙的思路

据说都想与我接洽，

而我的时光正巧全部错过。

不得不赞叹，错过得真好——

看似可以把握的一切，

躺在铺上，才知道有多么徒劳。

无所得与有所得，不是给予的问题，

是选择的问题。你信吗？

风吹过，并没有吹到我。

高悬的果实

睡前,他把酒杯放到桌上,
做完最后一次祷告。
烛光一再闪烁,不确定的讯息
让他从床头书中翻检出一些词语
来确认睡去并不危险。

绝对的指令引导他
举起双手,走向实际的墙壁,
面对它,然后撞向它,
击出黄金般的效力,
用探险时的深信,无须防备。

誓言禁锢了自由。
没有什么能够证明他已经睡着了
或正接受危险。
他尝到面包和酒的鲜味。除非誓言败坏了,
不能像咒语那样再发挥作用。

云的戏剧

雨从云间坠落,

向着房子,

向着一个人俯冲下来。

对淘金者感兴趣,

它就朝淘金者下。

对矿石感兴趣,

它就渗入矿洞,

灌注、涌水,赶走他们。

对生金感兴趣,

就让它从淘金者手上滑落,

掉进石缝,

再也找不到,

让他们感叹"没这个命",

对我感兴趣,

就钻进我的身体,

长在我身上,

挖我身体里的金子。

可是它犯难了,

总挖不到啊。

我的身体里也会下雨，

向另一个人俯冲，

从头到脚

也灌云的灵魂，

也掘它的金。

圆　圈

"蒙面的人、戴着口罩的人,
国王都不喜欢,在某万科时代广场,
即便是一个个行人。
他只喜欢忠诚的悍将,维护尊严。"

尼姑模样的女人把咖啡杯移走,
纸巾上留下一个圆圈。
她和她的外孙女(七八岁的样子)
忙乎着。孩子的笔没有停过。

"不,他从来不需要悍将,
国王只喜欢虚度光阴的人,
这可以让统治更加稳固。"

放在纸巾上的咖啡杯被拿走,
又一个满圆的圆。
环套着环,刚还清晰的边界
越来越模糊。圈套着圈。

"他也不喜欢勤劳的人,

因为他们善于思考,

随时会爆发新的创意,

让平静的土地产生新事物。"

"这时候,南瞻部洲和东胜神洲的

大地上涌现出很多愿望。

这些愿望,无论善意的,还是邪恶的都会实现。

太可怕了!我们画个别的吧。"

绿X同学

不是树。

你没有枝条,

不会在风的怀疑中荡漾。

也不会因为冬季来临

变成干手指的模样。

还怎么纠错呢?

你不能长成木材,

不能坐在我旁边,变成一张桌子

一把椅子,或一条镇尺。

不是情绪。

你并不飘忽,

并不像从身体里发出的轻响,

不像含混,但被生活磨砺过的欲望。

我没有见过身体里的绿塔。

也没有见过新鲜的,

不甜的,嘟着嘴才能说出的宽恕。

不是天使。

它收回翅膀,

就会变成一个婴儿,

或是从地平面站起的凡人。

你不用教会我

如何面对谨记的言辞。

我不可以忽略

你的到来,即便你没有羽翅。

不是原理。

经验的可以去碰触,

可以纠正的并不是需要的。

你有短暂的历史

从你出生之后,

一些光线聚集在一起成为你,

你把你的原理抽象出来干什么?

这可不是我研究的对象。

较 真

没把灵魂

交给魔鬼,

连我自己都不相信。

在某刻,

我贪图无法探测的深度,

贪图黑暗的华丽,

在一个紫色的幔帐里,

忘乎所以地掌握了交换的秘诀。

甜头就像念头

无法克制。

怀疑生背叛,背叛生灾难。

是呀!我怎么

在一根燃烧着的烟中

相信这副躯体必受指示,

人的头

必和电波关联。

灵魂这东西怎么和真理

连接得那么密切。

一些杂乱的想法

归拢在一个App里。

苦头就像由头,

无法克制,不想克制,为何克制?

虚有生真理,较真生怀疑。

鼠　洞

一个接着一个，

无数心事的漏洞

竟从海平面装载到了

海拔四千三百米，

破风而出。

地鼠们小心瞭望，

宛如一个个胆怯的人

站在心的边缘

终日警惕危险来临。

司机罢工，说再开就爆缸了。

我赌气从车上跳下

深一脚、浅一脚地跋涉

在车辙模糊的清早。

助手是个懦夫，

他脸上的臃肿渗透着无能。

他和坏脾气姑娘的丑事

非要我戳穿吗！

我愤然离开，不想回头。

我不想在高大雪山的背景里
看到这几个傻瓜,
和他们面对工作敷衍的态度。
地鼠一个上来,
一个下去,他们轮流放哨,
轮流把好事、坏事和我的愤怒
告诉它们的家人。不能回头,
我不能用这表示软弱的举动
便宜了这些无用的人。
我宁可爱上胆小、警觉的地鼠,
也不愿接近这些懦弱的货色。

肚子疼

他刚上楼梯就蹲在楼道的一侧
嗷嗷喊起来。还尽量忍住,不敢大声,
怕吵到病房里刚刚睡着的病人。

夜晚的通道,儿子去挂号还没上来,
他大概是怕死神把他拖去,
他就用"哎哟哎哟"给自己壮胆。

他并不能从儿子的匆忙的
脚步声中获得安慰,
反而大骂更让他觉得理所应当。

看起来儿子并未成家,不懂得
照顾别人,仅是把父亲搀到了病房。
为此,他把一个住院病人的家属挤走。

儿子跟护士去拿药了。

他撅着屁股跪在床上,"哎哟哎哟",

病床上的人们和他们的疼痛都没法休息。

田野中心

她用尽全力,将花香吸于肺腑,
以此推测季节的存量。
她满足于生活,站在田野的中心,
就像站在了洪水旋涡,
眩晕、激动。
一股强大的力量将她推倒
在她的身上抚摸。
这才意识到,
她享受花草是为枯败,
接受意念是为推翻,
同情圣徒是为看到羞耻,
理解仇恨是为深爱世人。
她会被即将到来的漫卷于天的草灰埋葬。
她会被群居的蚂蚁和蛆虫啃噬成白色骨架。
野风怒吼,她点着了枯草。
火焰拥有了生命,像花的绽放。

夜　景

人是如何在水银镜前被虎豹犀象带走的。

想起这句话的时候,

我握着手机,正准备拍下

令人惊异的瞬间:

银河在自行车群上方隐现,

像极了种子在土里扎根撑开的口子。

安息树

风没停,在树叶抖落出黄昏之前。
一些细小的羽毛,蜜光般散乱。
被吹飞走的是孩子的呼喊,
还有几十年前行刑者的眼神。

别跟我说,正义是如此降临的。
以大人口吻说出的并无生命。
那些被就地正法的年轻人如此阳光,
他们的青春无非长在了树上。

他们睡着了。他们的过去和未来
是树上的花生出与飘落之间的顿挫,
而在傍晚,他们会悄悄谈心,
谈那些深信与怀疑的生活。

直到布鞋、麻绳和讨水的铜钵都发出巨响,
祈求已无意义。被大刀斩断脖颈时,

他们还在哀号，集体震颤如高潮，

直到含泪鬼的母亲探亲，这场运动才算平息。

深　渊

跟我交谈过几次的他

静静躺在与身体宽度刚好相符的木板上，

盖着带有寿字的布帘。

在饭桌上，他讲过农民起义、清朝入关，

讲过一些他认为不是话题的话题，

买地建厂、巡视空房。

我无意说起对酿酒的好奇，

他问，是白酒吗？

我肯定之后又对北方的天气产生质疑，

被随之而来的热菜打断，

再也没有提起。

现在，他静静地躺着，

像吃饱的鱼。

我想从他微微突起的腹部轮廓看到缓慢的沉浮。

他不属于他妻子深信的如来，

也不属于灵堂外面的痛哭，

他只属于看起来憨厚

却又停止转动精明眼珠的头颅。

现在，他静静地躺着，

从窗口吹进初冬的风吹进了老母亲的胸口。

她已经没力气哭了，

依在红木床头看起来像个扁平的画像。

她的儿如今在她面前变作

不知言语的肉体，就像刚出生那样

被一件新衣裳舒服地包裹。

他总是用沙哑的嗓音，并不清晰的北方话

讲起主席，讲起他最佩服的战役。

我曾看见他坐在单位门前冰凉的台阶上

或许在沉思，或许在对抗

脑血管突然胀起引发的晕眩。

他静静地看着车流，与眼前凋落的玉兰树

一同站起，默默走向路口。

灵堂透着风。弯腰，再弯腰，第三次鞠躬的时候，

窗口滑升起一道光亮。

很想知道，它与他现在的内心到底共同存在着什么。

黑色机关

一个孤独的

暗色的身影平躺着。

那是树荫自己。

即便树叶躁响,情绪如风,

它都保持稳定的形状。

直到太阳落山,

身影从面拉扯成一碰就断的细线

它才知道,世界被一个黑色机关控制,

关闭,或者点亮。

它不由地变成另一个,

不是自己的,也不是别人的,

甚至,不是人的。

冰　棍

他激动如海，嘶叫如涛，
一波波浪推进心胸，
让他更加无法控制自己，
仿佛被邪恶拍击。

人在极端时才显示最强的能量。
痛苦他忍过，尊严他噎过，
现在，他竟因为
一个小小的拒绝引发海啸。

他学过的道德，以及谦逊的美德
在此刻都不能发挥作用。
情绪黑洞将他死死地吸住，
他无法摆脱，无法克服身体里的抖。

不明所以的妻子赶来，
慌忙中递给他一根冰棍。
冰凉的甜味缓和了他的癫狂。

甜真的带来了美好。

妻子抱住他,才是真痛。
风平浪静不过是抑制眼泪的过程。
几分钟前,自己多么可笑!
他终于想起要给孩子接着办理住院手续。

世间他

"到时候,我只抽华子,
喝茅台,滋出来的尿
都是酱香型的。"

认识会带来美德吗?

"光速30万公里每秒;
地球公转速度29.8公里每秒,
自转速度466米每秒。"

知识会带来道德吗?

僻静地儿

这是你期待已久的世界。

不交流，没语言。

城市和乡野都被扔弃。

没斗争，没欲望，

没有伤害。

做事，

不必顾及他人看法。

愚蠢、可笑，令人不解，

仍要着手去做。

只有在做的事

会让自己成为自己。

去做，不是说。

是，野兽会要了你的命。

你要驯服它们。

虎豹犀象都是朋友。

星辰日月都是。

一刻接一刻地醒来，

你庆幸前世般的人、事

没有彼此再造,

没有繁衍此生。

人的一生要是一个梦都不做

就是一场好梦。

能做到,就是好的人生。

白　墙

树林里播放的鸡鸭鹅狗的叫声

挽救不了我。它们不能

把我从祈祷的执念中拖拔出来，

即便声声都来自

幼时纯粹倾听形成的本能。

它们是勇敢的孤独者

旁若无物地痛喊心声。

无论它们有多么强大的魔力，

是否进入了艰深的思考。

陀思妥耶夫斯基和释迦牟尼的追随者阿难

都没法接受这样一个事实：

生病的果树、一群荒草，

以及尘土般即将消散的欢乐时光

把它们灵魂印在白墙之上，

只要时机合适，

就拿出来放映，回忆自己。

可目前构成心灵的也只有这些。

二红的机会

1. 龇牙

二红开车是个二把刀。
她撞过树,撞过墙,
还撞过欺负她的小流氓。
她的嗓门跟屁股下的农用三轮车一样
挂三挡叽哩咣当,
五挡就不知要到哪里去飞翔了。
她的妈给她做主,
让她去相亲,可她谁也看不上。
"你能看上谁,谁能看上你!"
她妈骂她,她骂她妈。
"你相亲别拉我垫背,万一看上我咋弄?"
她妈醒悟,本以为叫她去壮胆,
差点成敌手。
二红开着三轮车去四沟赶集,
路上有人喊她,见是之前的相亲对象
赶紧挂五挡逃跑。

颠簸中,她回头看,

小伙儿不见了。她却停了下来。

相亲时,她没看上他。

门牙龇出嘴唇,不拢财。

"我才不找个耗子呢。亲嘴儿都没法亲,

嘴唇非给嗑穿了不可。"

可她又欣赏他的木匠活儿,

打个立柜,打个碗橱都不在话下。

要是她妈死了,打副棺材,

也是一把好手。

她赶紧"呸"了一口,差点吐在她妈身上。

"这死丫头片子,没个正形。"

龇牙倒特别理解二红的心思,

"保准打个好的,还能雕个花儿。"

二红她妈没听懂。

"打个啥好的,雕个啥花儿?"

这么心有灵犀,还是被龇牙龇着的牙打败了。

即便龇牙来找她,狠命敲门,

拼命大喊,二红都不出来。

龇牙得了心病。他知道自己的缺陷,

从小就被伙伴嘲笑。

他想改变，但无法改变。

"二红，只要你出来见我，我就让你满意。"

"这不是你的问题，是我自己的问题。"

"你就出来见一下我，哪怕从门缝里看一眼也行。"

二红知道这个龇牙木匠吃了秤砣，

就把门开了小缝儿。龇牙身着西装，

领带板正，皮鞋铮亮，手里提着砖头。

二红不耐烦地打发，"看到了吗？"

龇牙一下把砖头拍在自己脸上。

西装、领带和皮鞋上都撒上了血。

"疯了吧，你！神经病！

你这个王八犊子，想吓死老娘啊！"

龇牙满脸堆着笑，龇了二十多年的牙不见了，

血泡儿在嘴里炸开，他咧着嘴。

"没了牙，别人还怎么管你叫龇牙！"

"你自己看着办吧。"

"你说话都走风了！"

二红她妈跑出来只看到了龇牙的背影。

"咋了，二红，咋还见红了呢。

你不能伤人太深啊！"

她回到屋里，被子都哭湿了。

这是她这辈子最为难的事,无从选择。

再次见到,已是一年后的今天,

龇牙突然从身后出现。

龇牙已不再是龇牙。

"你不跟我好,我不记恨你。"

二红坐在三轮车上看着龇牙,

那颗龇着的牙的位置长出一颗金色的牙。

"看!要不是你,我还没这个福分,

长出一颗金牙。"

"长出来的?不是镶上去的?"

"当然是长出来的,我得好好谢你!"

二红愣愣地看着这颗金龇牙

跟原来一样,恰好别住嘴唇。她不解。

"我有女朋友了。谢谢你,让我死心。

谢谢你,让我看清了自己。

不过,你妈死的时候,

我还是可以给她去打一副好棺材。"

二红倒有些失落,

"不用"。

三轮车的黑烟差点把金龇牙熏黑。

她来到集市也没什么可买的,只是闲逛。

人多的时候,不说话也能解闷儿,

好像人群的喧腾能让她的心胸开阔一些。

路边,银匠从烧红的炭火里取出银水,

倒进模子,很快就套出一个圈。

"婆婆送我的,做一副耳环,一只戒指。"

二红没意识到是在跟她说话。

"女人啊,就得自个儿管自个儿。

谁也指望不上。"

"这不指望上你婆婆了嘛。"

"抬杠是不!"

二红看到这只被银匠磨光了的戒指

戴在了这妹子手上。

粗糙得跟砂棍儿一样的手指立刻有了光彩。

"人靠衣裳马靠鞍儿,这手啊,就得靠这个圈儿。"

二红此前从来没想过要好好捯饬捯饬。

"打一只要多少钱?"

"得看斤秤,得看料。"

二红打消了念头,起身离开。

婚纱店里,

新娘子在新郎官的陪伴下

笑起来都那么甜。

"我也试试。"

"我们有欧美风、韩风、复古风、

宫廷风、另类风、中式婚纱。您想试哪种?"

"随便,都行。"

她从试衣间里出来,大家都惊呆了。

原来她是那么美。

原来自己这么美。

原来土里土气的衣服像泥糊蛋把自己糊住了。

"这是什么风?"

"得克萨斯风。"

"哇,您穿起来真漂亮,给我们做代言吧。

你老公咋没来?"

"我没老公。"

二红觉得差点什么,就是说不出来。

"拍组照片吧?"

"不用。试试不收费吧。"

一只粗糙的大手伸到面前,吓了她一个激灵。

还没反应过来,无名指就被套上个金戒指。

想躲,已经来不及了。

她望着这个满脸善意的小伙儿

好像没办法痛骂,也没办法拒绝,

就这样，她脑瓜子空白了很久。

"你戴着就是好看。我看你缺的只是个戒指。"

"你怎么知道我在这?"

"我看你在银匠那待了一会儿，

好奇你戴个戒指是什么感觉。

原来，是这种感觉。"

"你牙呢?"

"还会长出来的。要不是你，

我还没这个福分能长出一颗金牙。"

二红看着他，门牙透风的龇牙

竟然有一股让她兴奋的魅力。

"你不是有女朋友了吗?"

"骗你呢，要是有，也只能是你。"

"我不能要你的戒指。"

"为什么?"

"我们俩没这个缘分。"

"我们来到了婚纱店，戴上了戒指，

面对着面，能说这种话，还不是缘分吗?"

"我妈会把我们拆散的。

如果有缘，我们会再相见的。"

二红说完就跑了，

她局促得来不及、也不想脱掉婚纱。

"脱了，脱了！我的婚纱！"

二红在人群拥挤的集市一路跑着，

她得克萨斯风的婚纱在地上拖起了尘土。

婚纱店老板娘在后面拼命追喊。

而龇牙淡定地站在婚纱店里，

透过大玻璃窗看着这副图景，十分满足。

长期在梁上奔跑让二红的腿脚利落，

兔子似的跑到了三轮车跟前。

"呦，哪儿的新娘子啊，逃婚啦？

跟我过呗，我还缺个暖被窝的呢！"

二红爬上三轮车，踹着油门，冲他撞了过去。

"把屎给你撞出来！"

嬉皮笑脸的小伙儿左右闪躲，

直到二红把车开远，不再理他。

好像只有山梁才能让她的心彻底舒朗起来。

二红她妈看到天际弧线的三轮车

飘起婚纱，好像一只肥硕的大鹅在飞。

"二红，你个王八操的。"

2.跑偏

浑浑噩噩的日子总是很快。

二红她妈把金戒指还给龇牙的时候,

龇牙闷在屋里把西服哭得湿透了。

她妈很乐意做这件事,

拒绝是一种态度,有着心安理得的权力,

有着暗自嘲讽的力量。

可二红对她妈再也不想那么客气了。

这种管束就像在牢房,明着出来放风,

实际在观察你被驯服得咋样。

二红发火的时候,她妈并不惊讶。

她早就知道有这么一天,

早就做好准备迎接这一天的到来。

因此,她的言辞熟练,理由充分,并且十分克制。

"我是为你好!"

"那就得撮合我们,不是到处拆散我们。

你就是不想自己一个人孤单,

孤单是鬼吗?你那么怕!"

"瞎说,我能怕这个吗?我的心思你还不懂?"

二红必须想办法解开这个疙瘩。

镇上有个叫跑偏的，倒腾废品发了家。

多年来，他从没停止过相亲，

但也从没看上谁。因为条件过于优秀，

哪怕是二十来岁的黄花大闺女，他都看不上眼。

他看重的不光是眼缘，还有心缘。

因为他知道，有些姑娘不是冲着他的人来的。

当二红把三轮车停在他家当院的时候，

跑偏在屋里整理纸壳。

他抬头一看，又是个陌生女人。

他想朝着二红走去，

可是越走越偏，一直走到了露天洗手间。

跑偏从小就开始跑偏，经过了五十来年的锻炼

还是没有解决一紧张就跑偏的难题。

二红对他来说算是一见钟情，打眼一过，

就是那个意中人。顷刻，心缘已结。

"你快回来，我跟你说个事。"

跑偏努力校正自己的路线，终于对准了二红。

"我瞅你有一阵子了，想跟你谈谈。"

"谈什么？"

跑偏终于找回了身为富豪应该有的自信。

两人在茶几旁,从上午坐到了晌午,

从回收废品的经营模式

聊到他把任何东西都能报废,变成废品,

滔滔不绝的跑偏,主题没有跑偏,

只是不知该如何讲明。

"这样吧,二红,我知道你的意思,

过两天,我带着酒,带点值钱的东西到你家看看。"

二红并不兴奋,冷静地说了声,

"好"。

这场会面是二红破罐子破摔的结果。

她不想此后会不会幸福,

也不想此后能不能让日子过得舒坦,

只想着要离开她妈。

"今天,天气真好!你看,云彩都没有!"

面对这么好的心情,二红她妈倒是看不惯了。

"天气好,有什么用!

管你吃,还是管你喝啊!"

二红没有理会,她知道自己即将迎来不凡的一天,

这一天会让她拥有崭新的生活。

她充满希望。

跑偏把车停在门口,拎着酒和礼品

到来的时候,二红的妈有点不知所措。

"你是谁?你是哪的?你来干什么?"

"妈,他是跑偏,他来看看你。"

"看我?看我干啥?"

多了也不能再说,跑偏走上前来,

二红她妈手里还拎着柴禾棍子。

"快,进屋吧。"

二红的热情让她妈十分惊讶。

跑偏对准门口走成了直线,让二红十分惊讶。

当跑偏进屋看到家徒四壁,只有在墙角

堆着些破烂菜叶的时候,也十分惊讶。

"没想到,你们还过着这样的日子。我好心疼。"

跑偏的话让二红她妈很不乐意。

"这算啥话,瞧不起我们娘俩呗。"

"不是不是,真不是。"

这次见面,跑偏对二红有了全方位了解。

而二红她妈对跑偏也有了基本认识。

跑偏走后,二红她妈大放厥词。

"我不同意,他多大年纪了,

跟你般配吗?你想一出是一出!

我知道你是怎么想的,我们家还没破败呢,

你不能这么干。"

"反正我觉得他人很不错,

比之前相亲的对象强多了。"

"比龇牙强?比二滚子强?比强子强?"

"比谁都强!"

"那也不行。

——你们发展到哪一步了?"

"什么哪一步?

哪一步也没哪一步。"

"那就好。我找他谈谈。

你们呀,没戏!

有戏,也不行,没戏!"

第二天一大早,二红她妈从梁上的天际弧线消失,

她要走到镇子上,风风火火的样子

像一朵黑云滚动着。

二红在家里等着她妈的结果,很快就睡着了。

从晌午到了午后,从午后又到擦黑儿,

从擦黑儿又到掌灯。

她吃过饭之后传来了脚步声。

"今天算是忙坏我了。"

"怎么这么晚?"

"搞定了，搞定了。"

"你去跟他说啥了？"

"我呀，跟你说，哈哈哈哈……"

一阵欢腾的笑声从她妈嘴里发出，

像一群鸭子在水里扑腾着。

二红从没见她妈这么高兴过。

"明天，跑偏要找你聊聊。"

"谈成了？"

"你去聊聊，就知道成不成了。

他很满意。"

这一宿，二红被她妈乌烟瘴气的笑声

折磨得没一丁点睡意。

天刚亮，她开上三轮车去了镇上。

龇牙在路边看见她，好像行注目礼，

也不说话，闭着嘴。

"你站这干吗呢？"

龇牙不说话。

"你哑巴了吧。爱咋咋地，跟我也没关系。"

三轮车放着黑烟走远，

龇牙还是闭着嘴，不说一句话。

他悲伤得一句话都说不出来。

跑偏迎接二红,差点又跑去了厕所,

幸好二红主动上前。

他们坐在茶几上,照着温暖的阳光。

"二红啊,你的头发长得真好,

真密实,跟大龙家的山场似的。"

"你找我,有事?我妈吭哧瘪肚一晚上

都没说出半个字来。"

"二红啊,跟你说,你死了这条心吧。"

跑偏差点哭了。

"什么?"

"我们不合适。"

"什么意思?"

"我五十多岁了,你才二十多岁。

我们的年纪差得太多,等到我七老八十,

你还风华正茂。我有死的那一天,

让你守着活寡,跟你妈一样。

你说我是不是缺了阴德。"

"这是哪儿的话?我又没嫌你。"

"你妈跟我说了你的情况,她说得对。

你呀,应该有你自己的幸福,

她那么盯着你、把着你,是不对,可也是怕你受伤。"

"我怕受伤吗?"

"我想跟你妈过。"

"啥?"

二红这个小羊羔一下尥了蹶子。

"我跟你妈过,等我死了,这家产,

这些废品都是你的。这也算是我对你的好。"

二红稳稳地又坐了下来。

"我和你呢,将来就不是夫妻的情分了。

就算我再跑偏,有你们娘俩引路,也能心安。

昨儿个,你妈来的时候,

生米已经做成熟饭。你妈真是为你好,

拼了老命。我让她给感动了。"

二红好像被破铜烂铁的话击倒了,

被刺眼的阳光给刺晕了。

她不能说话,不能哭,不能笑。

二红跑出去,猛踹三轮车。

三轮车窜了出去,但她不能跑偏。

她觉得路异常笔直,脑袋里的事儿飞出去很远。

不是一直想脱离自己的妈吗?

这下脱离了,怎么感觉那么心痛呢?

可为什么自己还有一点兴奋呢?

这兴奋是怎么回事?

三轮车飙到了五挡,她不自知,只想更快一点儿。

突然有人横闯到了车前。

她手一抖,脚一刹,摔进了沟里。

差点没把她摔死,差点没把那个人撞死。

猛然的震动让她脱离了如麻的心乱。

"你干什么呀!龇牙!"

她躺在泥沟里。

龇牙不说话,上前就把她拉了起来。

二红一个嘴巴扇过来,打得龇牙龇牙咧嘴,

打得他一个趔趄也跌进泥沟。

"找死啊!你不想活,还不让别人活啊!"

龇牙不说话,只是流下了眼泪。

二红看着这个可怜人有着赴死般的决绝,

也流下了眼泪。

龇牙咧开嘴笑了,满身满脸滴着泥浆,

两颗金牙闪着金光。

"我长出了两颗金牙,给你打一对儿耳环。"

二红哭得浑身颤抖,泥浆都抖落下来。

她趴下身去,张开双臂,死死抱住这个傻瓜。

龇牙也死死抱住她。

"我要给你妈打副最好的棺材。"

"你给我也打一副吧。死人!死人……"

二红雨点似的拳头落在龇牙身上。

龇牙不想挣脱,也挣脱不了。

浓稠的泥浆里,他们像两条相濡以沫的可怜鱼在翻滚,在挣扎。

后记

这是一篇艰难的后记,一直不知道从哪里开始。因为我很少谈论自己的诗,大多时候是回避的。此前,我习惯于让诗自己说话,让诗回答诗本身,认为再多的解读都是赘述,再多的剖析都是徒劳。即便诗歌中的结构、节奏、语言、韵律、语气,以及它的指向自动拆解,纷纷扑面,我还是更愿意接受一种任凭禀赋获得的自然状态。它就在那里,去感受,去体验,能感受到什么就是什么,从中能获得什么就是什么,多就多点,少就少点。可随着年龄的增长、认识的变化,我不由得接受诗歌内部的省察。是时候做做改变了。

距上本诗集《风暴和风暴的儿子》出版过去了六年,比起狂热的青春期、茫然的工作期,这是我急剧变动的六年,也是晚熟的六年。这是在穿过"体验之门"后,知识、观念开始碰撞、破碎、重构的磨砺阶段,我用诗歌记下了这些内容,以及对它们的处理方法。横向看去稍显庞杂，纵向脉络还算清晰。比起《风暴和风暴的儿子》中向外突奔的刺，这个阶段我更愿意把它们收拢起来，试图用相对光滑的手纹触摸自己，感知他人，理解爱与痛的关系，关心一些终极问题。这也是我成年之后，重新学习、成长的过程。

我曾学画，备受关注的梵高对我影响深远。画技拙劣的学生时代，我模仿过他。他在我心里扎下的须根如今仍在蔓延，不仅仅因他的画作，更因他是一个可怜的家伙。大一下学期，保定易县清西陵旁的一个清晨，天微亮，我带着画板和油画颜料提前于同学们走进一片树林。这是片普通的柏树林，没什么特别，没觉得有什么值得去画，但当我强迫自己坐下来，完成我必须完成的写生作业时，一束阳光穿过幽暗的树林，让密黑的树干有了生机。我被瞬间抽离出来，用梵高式的笔触迅速捕捉了这道光，画出了从树林深处至眼前斑斓旋转的光晕。我一下子进入了"我"，一个不需要其他因素就能完满具足的世界。这时，我明白了梵高为何要用那样的笔触，为何坚信自己的作为。深受感动的不是学到了他的技巧，而是进入了他的身体，在这个可怜人身上，我看到了他发掘光芒的能力，使用光芒的方法。这大概就是生命的色彩。一直以来，我希望在我的诗里能够呈现这种光芒，这种生命力，这种顽强，像一种抛却文化负担而野蛮生长的作物。我说他可怜是因为他完全进入自我的时候像个饥饿的孩子，贪婪地、毫无顾忌地享受充满营养的食物。他屏蔽了所有外在的影响，只顾进入超乎寻常的孤独个体的体验。当然，这种体验不该是阻碍我们深入自然世界和引领我们超越的肉身，也不是难以捕捉的类似灵感的飘忽事物。它应该是存在实体。这种病毒般被侵入、被控制的体验从此与我共生，现在我还常常接受它带来的病态冲动。治疗它的办法就是写诗。

我的诗里确实有些古怪的想法，但如果只把它们当作直觉般的轻信，或感受上的依赖，也一定不足以展现它的现实意义、意涵指向，也难以得出准确的结论。有些材料是私人的，有些材料是公共性的，如何让这些日常材料产生不可动摇的意义，是我这个阶段亟待解决的问题。如果它们只提供了情绪价值，只满足于对美的感受，这不是我的初衷（即便美在某些时刻是终极的）。有时倦怠，读什么也读不进去，好像人生只准备了盈满的虚无；有时懒惰，做什么都缺乏动力，身体里像灌满了沙子；有时激昂，被傲慢蒙蔽，一些耳熟能详的诗歌也无法进入内心。只有那些能量强大的诗作才能让人振奋，引人行动，膜拜低头，这时候，诗歌发挥了它真正的意义。这样的意义是可传递的。我渴望它与人的连接不受人的不稳定状态的影响，顾自发出能量，辐射他人。

　　生活里，我常常健忘，好多事想不起来。想不起来，就不会纠缠在记忆之中。那些可被创造的情境，可激荡的现实就更能扑向我，更能击中我。当然，这很有可能陷入"陀思妥耶夫斯基陷阱"。故事和哲思全部化作情感的方式，我把它叫作"陀思妥耶夫斯基陷阱"，一旦坠入就难以挣脱。"陀思妥耶夫斯基令我反感的东西，是他的书的气氛；一个什么都变成感情的世界；换句话说，一种感情被提升至价值和真理的位置。"米兰·昆德拉在《一种变奏的导言——〈雅克和他的主人〉序》中这样评价陀思妥耶夫斯基。当然，我不完全同意他这部分言论，而这个问题给我敲响了警钟。在诗歌中，我是否要把每处都呈现为情感，是否要把一切都转化成诗意和体验，或者说，意义是否需要这样浓度的情绪语言才能达成？这对于很多人来说不是问题，对于这个时期的我是个重大问题，这是我需要解决的另一个问题。为了解决这个问题，我尝试着抛开原本熟悉的方法，甚至使用了多年以来一直拒绝的，像"灵魂""价值""真理"等这样直白的"大词"，包括一些指涉宗教的词汇，用其本义来体现我的意图，直接传达我的意思。虽然这个实验阶段已经过去，它们已不是我目前的重点，但我还是把这些诗选入了这本诗集，希望尽量留存我曾关注这些材料的时刻，此后理性占据上风的时候还能回望这些跃动起来的日子。

对我而言，诗歌是我保存生命的容器。没有特殊情况，它并不一定对外展示，大部分时间，私藏是保存它更好的方式。此时的它不是避难所，不是宣泄的出口，不是语言的，不是文本的，也不是美学的，它是功能性的，它是时间胶囊，未来重新打开的时候，或许它能变成另一样东西。我期待它能变成另一样东西。这本诗集里有《喝酒》《卖电钻》《肚子疼》《冰棍》等对外部世界的观察；有《雨类》《夜景》《白墙》等对内心世界的反观；有《一种现实》《暴力挽歌》《刚坚事》等不能直言的隐喻；有《他有一座城市》《被质疑的男人》《雨牢》《终日劳作》《杜某某》等世间之苦；还有我多年前的写作计划，因为种种原因不断翻写、重写，进展缓慢，至今依然搁置的长诗，我从中抽取了《猪圈》《动物们》《松林谷里的疯子》这三首选入诗集，在《二红的机会》中，我加入了幽默元素，让本来坚硬的现实变成喜剧，让痛不那么痛，即便痛，也可以孩子般拍拍打打磕伤的膝盖，继续嬉笑奔跑，没心没肺地疯玩；还有一些怪诞戏剧的尝试，如《在托勒海》《云的戏剧》《绿X同学》等。有了这些，我创造的时空容器就不是半明半暗的精神生活和不安定的灵魂栖息地所能局限的了。

  我从未怀疑过诗歌的意义，但怀疑过诗人的意义。这是个悖论。没有诗人怎么会有诗歌，没有诗歌，诗人又如何存在呢？当这句话说出来的时候，意义就生成了。这大概就是诗歌的意义，而不是诗人的意义。写就是意义。写出来就是一切。从学生时代开始，我就把写诗作为自我考核。如果质与量过关，这个阶段就没白过。反之，就觉得它陪伴我的时间都被浪费掉了。多年以来，这是我的衡量标准。相比电影、绘画和其他的表达，我更习惯诗歌。它就像老朋友，愿意花时间畅谈，无条件接受对方的不足、人性的瑕疵、掏心掏肺的胡扯。这是我最信任的方式。《刚坚事》之于我的意义也在于此。

王　强

2024年1月

图书在版编目（CIP）数据

刚坚事/雷武铃主编；王强著 . — 南宁：广西人民出版社，2024.5
（大雅诗丛）
ISBN 978-7-219-11751-4

Ⅰ．①刚… Ⅱ．①雷… ②王… Ⅲ．①诗集—中国—当代 Ⅳ．
①I227

中国国家版本馆CIP数据核字（2024）第067881号

策　　划	白竹林
执行策划	吴小龙
责任编辑	许晓琰
助理编辑	张　洁
责任校对	梁小琪
装帧设计	苏　玥

出版发行	广西人民出版社
社　　址	广西南宁市桂春路6号
邮　　编	530021
印　　刷	广西民族印刷包装集团有限公司
开　　本	787mm×1092mm　1/32
印　　张	6.5
字　　数	115千字
版　　次	2024年5月　第1版
印　　次	2024年5月　第1次印刷
书　　号	ISBN 978-7-219-11751-4
定　　价	49.80元

版权所有　翻印必究